玄関先のリビングで折り目正しくお辞儀をするアリアの姿が映る。
とんでもない美人だけに何を着ても似合うのだが、
エプロン姿のアリアは侍女服姿の時とはまた印象が異なるというか——

「お帰りなさいませ、アマカワ卿」

精霊幻想記
【せいれいげんそうき】

リーゼロッテは瞳に涙をにじませる。

だが、我慢しようとする。

やり場のない気持ちが胸中で渦巻いていて、
どうにかなってしまいそうだった。

「誰か、助けて……」

精霊幻想記

18. 大地の獣

北山結莉

HJ文庫
907

口絵・本文イラスト　Ｒｉｖ

CONTENTS

登場人物紹介

リオ（ハルト＝アマカワ）

母を殺した仇への復讐の為に生きる本作主人公
ベルトラム王国で指名手配を受けているため、偽名のハルトで活動中
前世は日本人の大学生・天川春人（あまかわはると）

アイシア

リオを春人と呼ぶ契約精霊
希少な人型精霊だが、本人の記憶は曖昧

セリア＝クレール

ベルトラム王国の貴族令嬢
リオの学院時代の恩師で天才魔道士

ラティーファ

精霊の里に住む狐獣人の少女
前世は女子小学生・遠藤涼音（えんどうすずね）

サラ

精霊の里に住む銀狼獣人の少女
リオのもとで外の世界の見聞を広める

アルマ

精霊の里に住むエルダードワーフの少女
リオのもとで外の世界の見聞を広める

オーフィア

精霊の里に住むハイエルフの少女
リオのもとで外の世界の見聞を広める

綾瀬美春
あやせみはる

異世界転移者の女子高生
春人の幼馴染でもあり、初恋の少女

千堂亜紀
せんどうあき

異世界転移者の女子中学生
異父兄妹である春人を恨んでいる

千堂雅人
せんどうまさと

異世界転移者の男子小学生
美春や亜紀と共にリオに保護される

フローラ＝ベルトラム

ベルトラム王国の第二王女
姉のクリスティーナとようやく再会した

クリスティーナ＝ベルトラム

ベルトラム王国の第一王女
フローラと共にリオに保護される

千堂貴久
せんどうたかひさ

異世界転移者で亜紀や雅人の兄
セントステラ王国の勇者として行動する

坂田弘明
さかたひろあき

異世界転移者で勇者の一人
ユグノー公爵を後ろ盾に行動する

重倉瑠衣
しげくらるい

異世界転移者で男子高校生
ベルトラム王国の勇者として行動する

菊地蓮司
きくちれんじ

異世界転移者で勇者の一人
国に所属せず冒険者をしていたが……

リーゼロッテ＝クレティア

ガルアーク王国の公爵令嬢でリッカ商会の会頭
前世は女子高生の源立夏（みなもとりっか）

アリア＝ガヴァネス

リーゼロッテに仕える侍女長で魔剣使い
セリアとは学生時代からの友人

皇 沙月
すめらぎさつき

異世界転移者で美春たちの友人
ガルアーク王国の勇者として行動する

シャルロット＝ガルアーク

ガルアーク王国の第二王女
ハルトに積極的に好意を示している

レイス

暗躍を繰り返す正体不明の人物
計画を狂わすリオを警戒している

桜葉 絵梨花
さくらば えりか

聖女として辺境の小国で革命を起こした女性
自身が勇者であることを隠し行動している

【プロローグ】

場所はガルアーク王国城。

正面口を出たばかりの場所で。

「リーゼロッテ様救出の任、ぜひ私も同行させていただけないでしょうか？」

何卒、何卒――と、リーゼロッテに仕える侍女長のアリア＝ガヴァネスが、深く悔いるようにリオにこうべを垂れていた。

どうしてこのような真似をしているのか、動機は尋ねるまでもない。リーゼロッテがアリアの主人であるからだ。

並々ならぬ忠誠心の高さである。いや、忠誠心を抜きにしても、リーゼロッテのことを大切に思っているのだろう。冒険者風の装備で身を固めた格好を見る限り、事前に旅をする準備を整えていたことが窺える。もしかしたら、リオが行動を起こしていなくとも、遅かれ早かれ国王フランソワの許可を求めて独自に捜索を開始していたのかもしれない。

今のアリアの顔つきからは忠誠心に裏付けられたそれだけの決意が容易に見て取れる。

仮にここでリオに断られたとしても独自で行動を開始するのは想像に難くない。その場合も結局はエリカの追跡が可能なリオの後を追ってくるであろう。

実力的にアリアが足手まといになる心配はない。人手が必要になる状況が発生した場合には心強い戦力になってくれるはずだ。それに、事態が事態だけにリオは詳しい経緯を聞かぬまま聖女エリカの追跡を開始している。情報が不足している現状ではアリアに同行してもらうメリットは十分にある。

それでもリオが同行を拒否する理由があるとすれば、エリカを追跡する過程でアイシアが精霊であることや精霊術など、これまで第三者には極力伏せてきた手札をアリアに晒すことになるかもしれないということだ。が――、

「……わかりました。ただ、追跡中は必要に応じて私の指示に従ってもらってもよろしいですか?」

それでも構わない。リオはアリアの想いを汲み取ることを優先し、思案するように目を瞑り続けてから首を縦に振った。

「無論です。ありがとうございます」

アリアは頭を下げ続けたまま、迷うことなく意気込んで即答する。その一方で――、

(春人、目標が門の外に出てから移動速度を速めた。人目につかないよう、貴族街の外に

向かっている）

リオにアイシアからの念話が届く。

（了解。そのまま霊体化した状態で尾行を）

（わかった）

などと、アイシアと必要最小限のやりとりを済ませる。

「行きましょうか。どうやら聖女が移動速度を速めたようです」

リオはアリアに声をかけて、数百メートル離れた敷地の正門を見据えた。

「……………ええ」

少し驚いたような顔で頷くアリア。現在地からでは敷地の外を見ることなどできない。気づかれずに聖女を追跡する術があるとは先ほどリオ自身が言っていたことだが、いったいどうやってそれを可能にしているのか不思議に思っているのだろう。

「詳しい話は移動しながら。魔剣で身体能力を強化してください」

自身も身体強化を施しながら、アリアに指示するリオ。

「はい」

アリアはひとまず疑問を呑み込んだのか、見事に気持ちを切り替え魔剣の柄を握って、身体強化を行った。それを確認し――、

「ついてきてください」

リオは正門へ向けて走り出す。アリアもその背中を追い、二人はガルアーク王国城の敷地を立ち去った。

【第一章】 追跡開始

十数分後。

リオとアリアは王都の外に出ていた。

都市からは北西に向かって三キロは離れただろうか。城壁の外に広がる穀倉地帯を抜けて、その先に広がる森の手前にあった岩の傍で潜むように待機している。

「森の中で護衛らしき人物一人と会っているみたいです。男性ですね。年齢はおそらく二十代」

リオが森を見据えながらアリアに教える。

「……………なるほど」

アリアはリオと同じ方向を凝視しながら、わずかな困惑を覗かせて返事をする。というのも——、

(肉眼で目視できるわけではないのに、いったいどうやって……)

そう、今アリア達がいる位置からエリカ達を目視することは絶対にできないのだ。木々

に阻まれ、森のどこにいるのかもわからない。奥の様子はほんの十数メートル先だって碌に見通すことができない。ここに来るまでの間だってエリカの姿を一度も目視したわけではない。

にもかかわらず、リオは森の奥にいるエリカの姿を実際に見ているかのように情報を提供してくる。別にリオが本当に追跡できているのかと疑っているわけではないが、アリアが困惑するのも無理はなかった。

ただ、もしかしたらこの森の中にリーゼロッテがいるのかもしれない。場合によってはこのまま奇襲を行うことだってありえる。そういった可能性があることも踏まえて、アリアは気持ちを切り替えた。が――、

「傍には使役されているグリフォンが二体。残念ながらリーゼロッテさんの姿はないようですね」

「そう、ですか……」

どうやらエリカの傍にリーゼロッテの姿はないらしい。

「このままグリフォンに乗って移動するようなら、リーゼロッテさんは別のどこかに移送されていると考えてよさそうですが……」

エリカはここに来るまで脇目も振らず、一直線に森へとやってきた。リーゼロッテが付

近にいる可能性は低そうだった。

すると、案の定——、

「……どうやらグリフォンに乗って移動するみたいです」

悪い予感が的中した。

「飛んで移動されると地上からの尾行は困難になりますが……」

魔剣で身体強化をして走れば後を追うことは可能かもしれないが、起伏が激しい場所では移動速度が落ちる上、魔力や体力の問題から長距離の走行も難しい。開けた場所では追跡しているのが相手から丸見えになるリスクもあるから、追う側が圧倒的に不利だ。ゆえに、アリアは渋い顔になった。が——、

「なら、こちらも空から尾行するまでです」

リオは何の問題もないと言わんばかりに、さらりと言ってのける。

「……アマカワ卿の魔剣は飛行も可能とするとは伺ったことがありますが……」

アリアが知っているのはハルト＝アマカワが所持している魔剣が風を操り、その能力を扱うことで空を飛翔することもできるという概要だけだ。具体的にどれくらい長い時間、どれくらい自由自在に飛べるのか、事細かに能力を知っているわけではないし、実際に飛んでいるところを見たことがあるわけでもない。

「聖女が森から出てきます」

と、リオが言うや否や、グリフォン二体が森の奥から姿を現した。それぞれエリカと同行者と思しき男性を乗せて、上空へ飛翔していく。

「北西に向かって飛んでいくようです」

アリアもエリカが乗るグリフォンの姿を目視した。険しい目つきで睨みながら、エリカが飛んでいく方角を口にする。

「王都を出た直後なので向こうもしばらくは追跡を警戒するはず。神装の身体強化で視力も相当上げられるはずですから、距離を保って後を追います。何か異変を感じた場合はすぐに言ってください」

リオも真剣な面持ちでアリアに指示するが——、

「ええ」

「というわけで、こちらも飛行を開始したいんですが……」

いざ出発の話を切り出すにあたって、ややバツが悪そうにアリアを見た。

「……はい？」

時間は幾ばくか進み、王都近郊の上空へと移る。

「……申し訳ございません。完全にお荷物になってしまい」

リオの二の腕に抱きかかえられた状態で、アリアが萎縮がちに謝罪した。

アリアが飛行手段を持たない以上、リオに運んでもらうしかない。よって、リオがアリアを抱きかかえることになったのだが、リオとアリアの関係は知人以上友人未満だ。ガルアーク王国城で先に催された訓練で手合わせを行った間柄ではあるが、講義の講師とその一出席者以上の深い関係を築いたわけではない。

セリアとアリアの間には個人的な交友関係があるが、リオはアリアのことをリーゼロッテに仕える侍女として、アリアはリオのことを主人と交友関係を築いている目上の重要な存在として、互いに適切な距離感を持って接してきた。ゆえに――、

「いえ、こちらこそ……」

密着し、二人きりで、空を飛ぶこの現状はなんともきまりが悪いものだった。二人とも口数が多い性格をしているわけではないし、互いにそのことを認識しているのだから尚更に、だ。

「なぜアマカワ卿が謝られるのですか？」

「未婚の女性が婚約者でもない異性と密着するのはよろしくないなと」

「…………私は別に貴族の女性ではありませんよ？」

アリアはぱちりと目を見開き、ほんの少しだけおかしそうに笑いを滲ませる。今に至るまで、時に困惑や戸惑いを覗かせながらも張り詰めていた表情が弛緩した瞬間だった。それだけにリオの目にも印象的に映る。

「貴族かどうかは関係ないと思いますが……」

と、リオは困り顔で言う。

「貴族令嬢でもない私めなどに、そのようなお心遣いは無用ということです。むしろアマカワ卿の方によほど問題があるでしょう。未婚の貴族男性が婚約者でもない女を抱きかかえているのですから」

「それこそ貴族かどうかは関係ありませんよ」

「アマカワ卿ほどのお立場の方がよからぬ女にまとわりつかれるのがよろしくないのは事実です。私が同行したことでアマカワ卿の周りにいらっしゃる皆様にいらぬ不安を抱かせてしまう恐れもございます。聖女のことで熱くなるあまり、私はそういったことを完全に失念した状態で無理に同行を願い出てしまいました。申し訳ございません」

後ろめたさを覗かせ、苦々しく謝罪するアリアに――、

「……そもそもアリアさんはよからぬ女ではありませんので、それは前提からして間違っています。アリアさんがいてくださった方が私としても心強いですし、どうか謝らないでください」

リオは今のアリアの心情を慮るように、ゆっくりと優しく言った。

「恐れ入ります。……ですが、どうしてここまでしてくださるのでしょうか？」

「ここまで、とは？」

質問の意図をいまいち把握しかねたのか、リオが首を傾げる。

「聖女が立ち去った王城の応接室で、アマカワ卿は誰よりも早く、迷うことなくリーゼロッテ様救出のために行動を開始してくださりました。アマカワ卿は城へお戻りになったばかりで、状況の把握も不十分だったはず。なのに……」

「リーゼロッテさんが拉致された。状況の把握ならそれで十分です。リーゼロッテさんは大切な友人ですから。私にとっても、周りのみんなにとっても」

申し訳なさそうに言いよどむアリアに、リオは事もなげに言葉を挟んだ。

「…………」

あまりにもさらりと言われたからか、アリアははたと目を見開く。

「そんなリーゼロッテさんが困っていて、私にできることがあった。だから、自分にできることをしているだけです」

行動を開始する理由はそれで十分だったのだと、リオは語る。

「……………ありがとうございます。主のために」

「お礼を言っていただくことでもありません。主従関係以外にも大切な繋がりを感じているから、アリアさんはリーゼロッテさんを助けようとしているのでしょう？」

「……はい」

「なら、こうして行動している理由はきっと私と同じです。一緒に、力を合わせてリーゼロッテさんを救出しましょう」

「あり……、いいえ。はい」

お礼の言葉を言いかけたアリアだったが、代わりに決然と頷いた。

「となれば、追跡しながら聖女のことについて教えていただけませんか？　私はまだ彼女が勇者で、リーゼロッテさんを拉致したということくらいしか知らないので」

「正確な日時は不明ですが、おそらくはアマカワ卿が皆様と一緒に王城を出発された頃のことです。ガルアーク王国から見て北西に位置する小国家地帯で、民衆の革命によって一つの小国を治めていた王家が途絶えて国が滅びました。それを先導した人物があの女であり、神聖エリカ民主共和国という国を代わりに興しました」

「国を滅ぼす先導をした、ですか。確かに、陛下にも王政の廃止を訴えていましたね」

軽く息を呑むリオ。聖女が加害行為も辞さない危険人物であることは王城でのやりとりから十分に理解できていたが、国の統治体制をひっくり返す先導を行ったとなると政治的な危険度もさらに上がる。

「民衆……、弱者の救済などとお題目を掲げていました。だから王政を廃し、国を民に明け渡すべきだと。革命を起こすにあたって掲げた大義名分も同様だと思われます」

「今起こしている騒動といい、かなりの行動力ですね。革命の先導を行って既存の統治体制を廃そうなんて、並大抵の考えでやろうと思うことではないと思いますが……」

地球から召喚されたはずの女性が、どうして異世界の王国で革命の先導なんて大それた真似をしでかし、こうして他国に宣戦布告までしているのか。リオは考える。

革命は一人で起こすものではない。最初の一人、あるいは複数人が思想を持って行動を起こし、同志達が集うことによって勢いを増していき、その結果として起きるものであるはずだ。その先導を行うとなると、リオが言う通り並大抵の精神エネルギーでやろうとすることではないだろう。

王侯貴族に対する不満があるから、という理由だけで革命の先導ができるのなら、革命は頻繁に起きているはずだ。確固たる意志が必要なはずで、世の中を変えようと本気で思って行動を起こすことは、それだけ難しいことであるはずなのだ。

地球にある日本で生まれ育った天川春人の記憶を宿す以上、リオとて王侯貴族を頂点とする身分制が抱えている問題点は理解している。王立学院にいた頃は周囲にいる王侯貴族の子弟から差別を受けてきた。だが、だからといってベルトラム王国で革命を起こして自分が受けている差別をなくさねばと思って行動することはなかった。

それでも自分に当てはめて聖女のことを理解しようとするのなら、ルシウスに対する復讐だろうか。人を恨んでいるからといって、復讐をする者もそうはいない。だが、それでもリオは復讐を行った。

それは許せなかったからだ。許せない何かがあったから、それだけの強い思いがあったから、復讐を行った。聖女にもリオの復讐と似た強い感情があったから、革命を起こそうと思ったのだろうか？

（召喚された後に何かが起きて、それをきっかけに権力者に恨みを抱いたから、革命を先導したんだろうか？　あるいは、ずば抜けて強い思想と行動力の持ち主がたまたま召喚されただけなのか……）

リオは聖女が革命を起こした動機を想像する。

聖女が日本人であることは間違いない。それだけに最初から場所がどこであろうと王政を絶対滅ぼそうと考えているような思想の持ち主が召喚された可能性は相当低いように思えた。既存の統治体制を覆そうと考えて実際に国を滅ぼそうとして騒ぎになった日本人なんて、少なくとも天川春人が生きていた二十年では見たことがなかった。天川春人の記憶にある日本の一般人のイメージからはあまりにもかけ離れすぎている。が、プロファイリングを行うには聖女に関する情報はまだ不十分でもある。

「そもそも、どうしてリーゼロッテさんは聖女に攫われることになったのでしょう？」

リオは他にも聖女に関わる話を訊くことにした。

「発端はあの女がアマンドにある屋敷を訪れてきたことから始まります。当初、あの女はリッカ商会の影響力を欲し、その会頭であるリーゼロッテ様を勧誘するためにアマンドを訪れたと言っていました。自分の国に来て力を貸してほしい、と」

「当然、断ったのですよね？　それで交渉が拗れて、騒動に発展してしまった？」

「概ね、その通りです」

「参考までに、その時の二人はどのようなことを話していたのですか？」

「リーゼロッテ様とリッカ商会のスカウトから始まり、王政への批判、国を民衆へ明け渡すべきだとの主張。それと……」

「それと？」

アリアが少し言いよどんだので、リオが続きを尋ねる。

「その、これは陛下達にもお伝えしていなかったのですが、聖女はリーゼロッテ様の秘密も見抜いていました。どうもアマンドにたどり着いてから商品名を耳にし、その辺りのことに気づいたようです。あの女は読唇術にも長けているようなので」

「なるほど……」

「リーゼロッテ様の秘密について言及してからは、互いに互いの質問に答え合う形式で話をしていました。リーゼロッテ様……主は聖女の素性について質問していましたが、聖女から主に対する質問については生前の年齢や、生前に住んでいた場所など、とりとめのないことばかりです」

「その会話の中でアリアさんが気になったことは？」

「……主の秘密に話題が移ってから、急に人が変わったように穏やかな物腰になりましたね。それこそ、明るく人が良さそうな性格をした女性のように……。聖女はそれが聖女になる前の素の口調だったと言っていました」

「聖女になる前の素の口調だった……」

そこに引っかかりを覚えるリオ。

「弱者が存在しない世界を作り上げること。そのために民衆の、民衆のための、民衆の手による民主主義国家を作り上げたのだとあの女は言っていました。どういう意味なのかはわかりませんが、それが壮大な復讐なのだと」

「壮大な復讐……ですか」

なんとも穏やかではない言葉である。

（……となると、やっぱりこの世界に来てから何かあったのか？　彼女から日本人としての平和な価値観を奪ってしまうほどの何かが……。王政の廃止を掲げて民主主義を推し進めているとなると、やっぱり権力者に対する恨みか？）

転移者と転生者という違いはあるが、リオとて日本人の記憶を持ちながらも、復讐に手を染めた身だ。もちろん復讐は天川春人ではなくリオがリオとして決断して実行した行動だが、リオだけならば抱かなかったであろう葛藤はあった。

天川春人が日本人として平和的な価値観を享受したままでいられたのは、日本という国が平和だったからである。人の尊厳や命の価値が軽いこの世界で身をもってそのことを知れば、平和的な価値観はいくらでも揺らぎうる。リオはそのことを知っている。

仮に聖女にも復讐心を抱くような出来事が起きて、革命を起こそうと考えるようになったのだとしたら？　そう思ったリオだが――、

（……今の段階でそこまで考えても意味はない、か）

聖女の境遇について思案するのは止めておいた。リーゼロッテを救出するにあたって必要な範囲で人物像を知っておきたいところだが、これ以上、憶測で妙に感情移入してしまうのもよろしくない気がしたからだ。

「……話を聞く限り権力者を敵視している節はありますが、リッカ商会の影響力を欲してリーゼロッテさんをわざわざ勧誘した上で拉致したとなると、リーゼロッテさん個人に権力者に対する恨みをぶつけようとしているわけではなさそうですね。目的を達成するためなら手段を選ばない性格をしていそうなところは気になりますが……」

協力してほしいと考えているのであれば、直ちに手荒に扱うとは思えない。当面の身柄の安全は保証されているはずだと、リオは付け加えた。

「はい。ただ、あの女は支離滅裂で強引な性格をしているように見えて、その実は冷静かつ狡猾で、すべてを周到に計算して行動しているようにも思えるのです」

「……あえてあのように振る舞っていると？」

「はい。人として愚かであっても、愚鈍ではないように感じました。あの女の言動からはそう思わせるだけの教養も窺えました。実際、元いた世界では何か学者のような職に就いていたようなことを言っていました」

「なるほど……。計算して一連の行動を起こしたのだとすると、ガルアーク王国と争いを引き起こすためにリーゼロッテさんを攫った可能性も出てきますね。実際、最初から交渉する気などなかったようですし、それを裏付けるように宣戦布告をして王城を立ち去っていった」

「まさしく。王城での態度を見て私もその可能性があると感じました。アマンドでも終始相手と交渉する気のない態度でしたので」

「……よくわからないのは、仮に聖女がガルアーク王国との争いを望んでいるとして、どうして争いたいのかでしょうか。王政を憎んでいるにしたってわざわざ真っ先に大国と争いたがるとは考えにくい。破滅的な行いにしか思えません」

しかも、ただの大国ではない。仮にも自分と同じ勇者が所属している大国が相手だ。夜会以降、沙月の存在は民衆にも各国にも広く知れ渡っているはずである。リッカ商会のことを知っていた以上、沙月のことを知っていてもおかしくはない。

何も知らずにガルアーク王国と争おうとするのであれば無策すぎるし、知っていたとしたらリオが言うように破滅願望があるとしか思えない。国と民衆の命運を背負う一国の代表がする行動とは到底思えなかった。国と民衆を滅ぼしたいのならばともかく、ただの自殺行為である。そう思ったが――、

（…………復讐って、まさかそういうことなのか？　いや、まさか……。流石に、それは

ない、か）

その破滅的な道こそが聖女の言う復讐なのではないかと、復讐という言葉から連想してリオの脳裏にとんでもない可能性が思い浮かんだ。

が、流石に荒唐無稽すぎたので、その可能性はないと思い直す。聖女が掲げている弱者の救済とはほど遠いどころか真逆の行いであるからだ。革命を起こして建国した立役者も聖女である。なのに、わざわざ作った国を滅ぼす理由がない。救済すべき民衆を騙していることにもなる。となると――。

（よほどの勝算があるんだろうか？　大国を敵に回そうと決して負けないという確固たる自信が。だから、喧嘩をふっかけている）

大国を相手に回しても勝てると思うような勝算が現状ではまったくわからなくて、リオは妙な胸騒ぎを抱く。

「……ちなみに、アマンドでも聖女は一人で交渉の席に現れたんですか？」

リオは不安を吐き出すように溜息をついてから、ふと思いついた疑問を口にした。

「ええ。王城でそうだったように、あの女はアマンドでも一人で対談の場に現れ、居丈高な言動で自分の主張を一方的に突きつけてきました」

「なるほど……。攫ったリーゼロッテさんのことは別働隊に任せているようですし、同行者がいるのに護衛として連れずに一人で姿を現した。となると、足手まといになるのを嫌ったのかもしれませんね」

あるいは、交渉に臨むのが自分一人であるのなら、いくらでも交渉内容をねつ造することができる。仮にも国の代表を務める聖女として国民に信仰されているのなら、彼女の発言を疑う者もいないはずで、戦争をふっかけようと思えばいくらでもふっかけることができる。そういう可能性も思い浮かんだ。いずれにせよ――。

(現状で一つ言えるのは、聖女がガルアーク王国と争うことを望んでいるとしか思えないということ……)

リオは今後、戦争に突入するかもしれない可能性を見据えるように、遥か前方を飛行する聖女エリカとその同行者を険しい面持ちで見つめた。

「いかがなさいましたか、アマカワ卿？」

アリアはリオの表情が少し険しくなったことに気づいたのか、不思議そうに小首を傾げて顔色を窺う。

「いえ、何でもありません。これ以上は憶測になって、見当外れな方向に分析が行ってしまう恐れもあるな、と。他に何か気になったことはありますか？」

リオは誤魔化すように笑みを覗かせて、話題を変えるべく話を振った。

「そうですね……。どうしてかは知りませんが、聖女は勇者であることはまだ隠しておかなければならないと言っていました。互いに最後と決めた質問で主がそれを問いかけ、聖女はそれに答えた途端に襲いかかってきました」

「隠しておかなければならない……。つまりは、勇者であることは隠しておきたい理由があったと取ることができますね。素直に解釈するのなら、もっと効果的なタイミングで発表したかったというふうにも理解できますが……」

「あるいは、あの段階でガルアークと事を構えることを計画していたのなら、大した意味などなくて、仕掛ける口実など何でもよかったのかもしれません。もちろん効果的なタイミングで発表したかったという思惑もあったのかもしれませんが……」

「こちらも憶測の域は出ませんね。わかりました。では、聖女の行動目的についてはこのくらいで。あとは聖女の実力についてですが……」

リオが抱きかかえたアリアの顔をさりげなく窺う。リーゼロッテとの対面の場に同席していた以上、聖女はアリアがいたにもかかわらずリーゼロッテを拉致したことになる。つまりはアリアが後れを取ったかもしれないということだ。リオはアリアの実力を知っているだけに、その時の状況が気になった。

「……近接戦闘の技術に限っていえば、目をみはるところは何もありませんでした。素人が武器と身体の動かし方もわからぬまま、神装によって強力な膂力を手にしただけと見て間違いはないかと」

と、アリアは苦々しい面持ちで聖女の近接戦闘技術を語る。

「……それでも、アリアさんが不覚を取るほどの相手だったんですか？」

「すべては私の油断が招いた失態です。打撃を喰らわせ、聖女を無力化したつもりで、無力化できていなかった」

「並みの相手なら無力化できる程度には威力を込めていたんですよね？」

「神装で身体強化していることを踏まえ、盾を構えた重装歩兵であっても一撃で吹き飛ばす程度の掌底を腹部に打ち込みました。その上でそれ以上の威力を込めた蹴りを立て続けに腹部に打ち込んだ。それで聖女が地面に落下し脱力したのを確認し、気絶したものだと思い込んでしまった」

「となると、よほど強力な身体強化で肉体が頑丈になっていたとしても、ダメージを受けそうなものですが……」

身体能力の強化しかできない魔法や魔術と違い、魔剣や精霊術による身体強化は肉体そのものを頑丈にすることができる。

どの程度の強化が可能なのかは魔剣の性能や術士の技量に左右されるが、平均的な身体強化でも拳で鉄や岩を殴っても手を痛めることがなくなり、生身の人間に鈍器で殴られたくらいではさほどダメージを負わないくらいには肉体が頑丈になるものだ。

が、同じく身体強化を施した相手の攻撃をまともにくらえば、身体強化の度合いによほど差がない限りはダメージをゼロにするのは難しい。

「あの女はまったくダメージを負っていないようでした。気絶したフリをしてこちらを油断させ、こちらの隙を衝くように動き出した。ご明察の通り、神装によって相当に強力な身体強化を施しているのかもしれません。速力はともかく、膂力は相当なものでした」

「なるほど……」

「あとは神装の効果だと思われますが、地属性の魔法に似た事象を引き起こして目くらましを兼ねた攻撃を仕掛けてきました。仮に対峙するようなことがあればご注意ください」

「心得ました」

リオは表情を引き締め、首を縦に振ったのだった。

同じく、ガルアーク王国の王都近郊の上空で。遥か後方から聖女を追跡するリオとアリ

アを、さらに遥か後方から追跡している者がいた。

プロキシア帝国から聖女の追跡と監視を行っていたレイスだ。聖女がアマンドでリーゼロッテを攫い、ガルアーク王国城へと単身で足を運んだことはプロキシア帝国から尾行を行っていたレイスも把握していた。聖女にガルアーク王国と交渉する気がどこまであったのかはわからないが――、

(黒の騎士が聖女の尾行を開始した以上、ガルアーク王国と聖女の関係が拗れたことはほぼ確定しましたね。これはなかなか理想的な展開になってきた)

レイスは現状を受け、不気味にほくそ笑む。

(黒の騎士が出発する直前にガルアーク王国城から強力な精霊の気配が消失したことも踏まえると、十中八九、人型精霊の彼女が霊体化して聖女の追跡を行っているはず。そして城にはセリア＝クレールを始め彼にとって特に近しい者達がいると見てよい。厄介な二人が聖女の尾行を行っている今なら、かなり手薄になっていそうですが……)

レイスは地平線の先に控えるガルアーク王国王都を意識するように、ちらりと後方を振り返った。リオとアイシアが揃っていなくなる状況などそうそう訪れることはない。人質を取るなら今ではないのか？　そう思ったのだ。

(……ただ、聖女がどこまで勇者の力を使いこなせるようになっているのか、それ次第で

今後の対応も大きく変わってくる可能性がある。黒の騎士と契約精霊の彼女であればそれを知る試金石としては十分。今後、最も邪魔になりうる可能性が高い者達が潰し合ってくれるのならこれほどありがたい話もありませんし、見逃す手はありませんね。彼らが確実に敵対するよう、手を回しておきたいところでもありますが……）

現状は千載一遇の好機なのだ。このチャンスを活用するためにはリオ達を見失うわけにはいかないし、上手く立ち回る必要がある。

（私が動いていると勘付かれて、プロキシア帝国に警戒心が向きすぎるのも面白くありません。とりあえずは尾行を継続しながらプランを練るとしますか。彼は警戒範囲が恐ろしいほど広いですからね。慎重に追わなくては……）

そう考えて、レイスは二重尾行を継続したのだった。

◇　◇　◇

一方、場所はガルアーク王国城。

セリアと美春は沙月やシャルロットと共にリオが城の敷地内に有する屋敷へと戻り、リビングでラティーファやサラ達に報告を行っていた。

リーゼロッテが聖女を名乗る勇者に拉致されたと知り、その追跡（ついせき）にリオとアリアとアイシアが向かったと情報が共有される。アイシアがいないことをシャルロットが不思議に思ったが、事情もよくわからぬままリオに呼ばれて付いていったと説明が行われる。念話でリオに呼ばれたことはぼかした。ともあれ――、

「まさか、そんなことになっていたなんて……」

驚きを隠せないサラ達。

「その人、勇者なのに……、聖女って良い人のことなんじゃないの？　どうしてリーゼロッテお姉ちゃんを攫ったの？」

ラティーファは不安と憤（いきどお）りが複雑に入り混じったような面持ちで疑問を口にした。

「……どういう仕組みで勇者が選ばれるのかはわからないけど、必ずしも善良な人が召喚されるとは限らない、ってことね。元いた世界でどういう人だったのかはわからないわけだし……」

と、沙月も苦々しい表情を覗かせて言う。

「聖女という呼称（こしょう）についてもその者の人格を保証するものではありません。現状ではあくまでも自称（じしょう）にすぎませんから、尚更に。権力者の都合で聖女とされる存在もざらにいますし。仮にも勇者である方をこのように評するのは気が引けますが、聖女とはほど遠い異常

者に思いました」

シャルロットは歯に衣着せず、聖女の印象を語った。

「ああもう、あの聖女のことを思い出したらまた腹が立ってきた。なんなのよ、あの人。言っていることはメチャクチャだし、なんでリーゼロッテちゃんを……」

沙月の怒りゲージが限界付近まで上昇したらしい。いてもたってもいられないといった感じで思わずリビングの椅子から立ち上がり、憤りを吐き出した。

「……信じましょう。ハルトさんとアイちゃんが一緒に向かったんです。きっとリーゼロッテさんを救出して戻ってきてくれるはずですから」

決して楽観的に見ているわけではない。不安であることに違いはない。だが、リオとアイシアのことを信じているからこそ、その場にいる一同の不安を払拭するように美春が沙月に訴えかける。

「そうね……。私も、ミハルの言う通りだと思います」

セリアも美春に同意する。残った私達にできるのは無事に帰ってきてくれることを祈ることだけだ、と。そんな二人の言葉はしっかりと心に響いたのか——、

「美春ちゃん、セリアさん……」

沙月は胸を打たれたような顔になる。

「確かに、お兄ちゃんとアイシアお姉ちゃんが一緒にいて誰かに負けることなんて絶対にないよね」

「ですね」「うん」「ええ」

ラティーファの声にも明るさが戻った。サラ、オーフィア、アルマもフッと笑みを覗かせて同意する。

「まさしく、皆様の仰る通りです。我々にできることがあるとすれば、ハルト様がお戻りになった際に備えて普段通りの生活を維持しておくことでしょう。今回の一件を受けて国内の貴族達の意見が荒れるはずですから、いらぬ影響がハルト様やリーゼロッテに及ばないよう、私も自分にできることをしようと思います」

「……ありがとう、シャルちゃん。協力できることがあったら言ってね。柄じゃないけど勇者としてできることがあるならするから」

シャルロットが滔々と語って、意気込みを覗かせる。沙月もそれで気持ちを切り替えたようだ。

「はい、その際はありがたく。ハルト様のお戻りが遅くなれば遅くなるほど、貴族達も焦れるでしょうし」

「いつ帰ってこられるのかはわからないものね……」

リオはリーゼロッテがどこにいるのかもわからない状況で追跡を開始したのだ。救出にどれくらいの時間がかかるかはリーゼロッテの居場所次第である。リーゼロッテは国内にいるかもしれないし、国外にいる可能性もある。

「ハルトさんが戻るのが遅くなるかもしれないなら、私達が代わりにゴウキさん達と連絡を取っておいた方がいいかもね」

オーフィアが隣に座るサラを見て言う。

「ですね。戻りが遅くなっても心配させてしまうでしょうし」

「どなたかと面会のお約束があったんですか？」

シャルロットが尋ねる。

「ハルトさんが付き合いのある方々と会う約束をしていたんです。その約束が果たせなくなるかもしれないので、状況報告をしに一度城を留守にするかもしれません」

「そうでしたか。出て行かれる際はいつでも仰ってください。お父様には私から話を通しておきますので」

「ありがとうございます」

「いえ。では、私はいったん城へ戻ります」

「あら、もう帰っちゃうの？」

シャルロットが立ち上がり、沙月が声をかけた。

「はい。今後の方針についてお父様に話を伺ってみようかと。何か動きがあれば情報を共有しますから、皆様はごゆるりと」

「そっか……。ありがとうね、シャルちゃん」

「いえ。王族としての務めでもありますから」

お任せください。そう言い残し、シャルロットは退室していった。

【第二章】 道中

リオが聖女エリカの追跡を開始してから、小一時間が経過した。その間、エリカはグリフォンに乗り、街道(かいどう)を辿(たど)るように上空を移動し続けていたが――、

「高度を下げ始めましたね。付近に都市や農村はないようです」

聖女とお付きが騎乗(きじょう)するグリフォンを指して、リオが口にした。リオとアイシアが念話でやりとり可能な距離は最大で半径一キロ強だが、慎重を期すため今はその倍の距離を保ってエリカを尾行(びこう)している（必要な連絡をする時だけどちらかが距離を詰め、念話でやりとりをすることにしていた）。

「……なるほど」

わずかに間を開けて相槌(あいづち)を打つアリア。身体強化した人間の視力であればおおよそ二キロ先を飛行するグリフォンの姿も鮮明(せんめい)に判別することはできるので、アリアも高度が下がり始めたことは確認(かくにん)した。

が、二キロ先を進む聖女と、二キロ後ろを進むリオ達とでは目に映る景色が異なる。角

度的にリオやアリアでは目視不可能な領域もあるだろう。聖女の視界に映っている範囲をカバーして付近に都市や農村がないことまでを識別するとなると無理だ。ここまで追跡する間も聖女の姿を目視できないのにリオは目視しているような出来事が何度もあっただけに、アリアが少し不思議に思っていると――、

「どうやら森の中にある小さな泉に降りようとしているみたいですね。休憩を取るのかもしれません。我々も距離を取ったまま地上に降りましょう」

そう言って、リオはアイシアとの交信が可能な一キロ圏内まで接近してから、高度を下げ始めることにした。

（森の中に泉があるみたいですが、この位置からでは木に隠されて目視できない。一キロ程度なら確実に見失わずに追跡する術があると城の応接室を出ていく時に仰っていましたが、やはり何かしらの方法で肉眼に頼らず視覚情報を得ているようですね……）

アリアは推察しながら息を呑む。引き出しが本当に多いというか、底が見えないというか、味方としては心強いことこの上ないが、万が一、いいや億が一、リオと敵対する側の立場に立って考えてみると恐ろしいことこの上ないと思った。

ともあれ、もう直に地面だ。聖女達が泉のある森の中に着地したのに対し、リオとアリアは森の外に着地した。

「どうぞ」

降りてくださいと、リオはアリアを地面に立たせる。

「どうも」

アリアは久方ぶりに地に足を降ろす。

（移動中に剣を握っていたわけでもない。飛行も魔剣の効果では説明がつかない気がするのですが、いったいどうやっているのか。一時間も連続して飛行し続けたとなると、消費魔力も相当なものになりそうなものですが……）

気になってはいるが、むやみやたらと質問はしづらい。というより、手の内を晒させるような質問をするのは戦士としてのマナーにも欠ける。と、そこで――、

「やはりグリフォンを休ませるみたいですね。誰かと待ち合わせをしていたわけではなさそうで、四半刻ほど休憩を取るみたいです」

当然、一キロ先の森の奥など見えるはずはないのだが、リオは実際に見ていて、会話まで聞いているように告げた。

「…………なるほど」

隠す気などないのだろうか。

アリアが少しぎこちなく相槌を打つ。

「どうして実際に見聞きしているように言うんだ、と思いますよね」

リオは自分からそのことを口にする。

「……無理に仰っていただく必要はありません。魔剣の効果は唯一無二のものが多いですから、伏せておくのが鉄則です。そういうことができる、ということだけでも味方に対する説明としては十分です。というより、それでも情報が多すぎるくらいです」

強力な魔剣の扱いは特別だ。現存する数が少ないというだけで希少価値が高くなるというのに、古代魔術が込められていて、戦士を一騎当千の強さに高めることができる。国によっては魔剣を奪われることで戦力ががた落ちしてしまうことすらある。

ゆえに、個人であれ、国や貴族であれ、その管理は厳重だ。適合する使い手がいなければ宝の持ち腐れになってしまうし、適合する使い手がいたとしても希少な魔剣を託すに足る人物でなければ託すことはできない。魔剣を託した人間の発言力が増して途端に態度が大きくなる恐れがあるし、最悪、魔剣を持ち逃げされて他国へ寝返られる恐れもあるからだ。だから、宝物庫に眠ったままになっている魔剣はかなり多かったりする。

それに、アリアが言う通り、魔剣の効果も伏せておくのが鉄則だ。効果がわかれば対策も可能となる。特に魔剣の使い手同士が戦う場合、一方だけが相手の魔剣の効果を知っていて、もう一方が相手の魔剣の効果を知らないとすると、魔剣の効果を知っている側が大

きなアドバンテージを得ることができる。種明かしをして手品をする手品師はいない、というのに近い。が――、

「アリアさんはリーゼロッテさんの腹心であり、セリアの大切な友人でもある。むやみやたらと言いふらす方ではないと信じて少し詳しくお話しします。相手の位置を把握している手段は魔剣の効果ではありません」

リオはアリアを信頼して打ち明けた。

「では、何かしらの魔道具で？」

「実はアイシアに追跡を協力してもらっています。国で用いられているような遠隔通信用の魔道具とは別に、一キロ程度なら離れていても情報を交換する手段があるんです。それで泉で何が起きているのかを教えてもらっています」

「……そういう仕組みでしたか」

国で一般に用いられている遠隔通信用の魔道具は一度に百文字程度の伝言を送受信するというものだが、道中も今もリオがその魔道具を使っていないことは明らかだ。本当に何かしらの手段で情報を交換しているのだろうとアリアは察した。

「付け加えておくと、通信用の魔道具よりも通信可能な距離が短い反面、傍受の心配はありません。文字情報を送るのではなく、心の中の声でやりとりをするのでいつでも好きな

時に話ができます」

「それは、非常に便利そうですね……。通信可能な距離が短い点を差し引いても使い勝手が良さそうです」

商売や政治で情報共有の速さがいかに大切かは、リーゼロッテに仕えるだけあってアリアもよく理解している。

情報を先に得ていれば上手く立ち回ることができるし、一方が交渉を行っている間にもう一方が必要な情報を収集し、リアルタイムで指示を出すことなどもできる。他にも活用できそうな場面は色々と思い浮かぶ。

使い方次第で悪用もできるだろう。こういった情報共有の仕方があるのだと知らない者が相手であれば、賭け事でイカサマもし放題だ。

「実は聖女が城の応接室を出た時点で、アイシアに追跡をお願いしていたんです。アイシアも私と同じように飛行が可能なので」

「なるほど……。アイシア様にもご協力いただけているのであれば、本当に心強いです」

アイシアも飛行可能だという情報に少し驚きつつも、存外の援軍登場を喜ぶアリア。

「追跡に関しては私もアイシアには敵いません。存在を気取られることもまずありえないので、今も色々と見聞きしていることを教えてもらっています。どうやら聖女達は本国に向かっているようですね」

一応、道中で聖女が何度か追跡を警戒しているようなそぶりはあったが、今のところ追跡するリオとアリアに気づいた様子はない。

霊体化したアイシアについては気づく余地すらないだろう。人間では霊体化した精霊を認識することはできない。霊体化した精霊は現実への干渉ができない代わりに、現実からの干渉を受けることもなくなるからだ。

霊体化した状態でも保有する魔力は漏れ出るが、自然界に溢れる魔力に溶け込んでしまう。熟練の精霊術士でも少し周辺の魔力量が多いなと思うくらいで、魔力感知の魔道具などを使っても誤作動するかどうかといったくらいだ。

「……聖女は王都を出発してからずっと北西寄りの方角に進んでいました。神聖エリカ民主共和国のある方角と一致しています」

「となると、やはりリーゼロッテさんのことは先立って自分達の国に移送させたと見て間違いはなさそうですね。今のところリーゼロッテさんの所在については何も言及していないようですが、どこかに立ち寄る話も出ていないそうです」

自分達の勢力圏外で人質を管理するのはなかなかに神経を遣うはずだ。一日かそこらで合流できるのならともかく、そうでないのなら先に本国まで移送させている可能性が最も高いように思えた。

「そう、ですか……」

アリアはグッと俯いてから——、

「……休憩で油断しているこのタイミングで奇襲を仕掛け、聖女の口を割らすことができれば理想的ではありますね。こちらは三対二。アマカワ卿とアイシア様がいらっしゃる以上、勝機は十分にあるように思います」

こみ上げる思いを抑えきれないように、奇襲の選択肢に触れた。

「確かに、奇襲を仕掛けるなら絶好のタイミングではありますね。ただ、規定の日時に聖女が戻らない場合、リーゼロッテさんが処断されると言っていた聖女の言葉が気がかりです。利用価値がある相手に無闇な真似をするとは思えませんから、ブラフの可能性は高いと思っていますが……」

「……確証が持てない限り、奇襲は行うべきではありませんね。行動を起こすなら主の所在を確認してから。益体もないことを申し上げてしまいました。申し訳ございません」

と、アリアは自らに言い聞かせるように言ってから、唇を噛みしめて歯がゆそうに頭を下げる。

主を攫った憎い相手が森に入った少し先で呑気に休憩を取っているのだ。すぐにでも進展がありそうな行動を起こしたいという思いがこみ上げてくるのは無理もない。それを自制できている以上、決して焦って冷静さを欠いているわけではないはずだし、本気で奇襲しようと思って口にしたわけではないはずだ。

「いえ……。お互いに一人で考えていては見落としもあるかもしれませんからね。当たり前のようなことでも意見を口に出して、妥当性を判断するのはとても大事だと思います。ここで奇襲を行うべきか、私も一瞬考えましたから。何か思いついた時はどんどん言うようにしましょう」

リオは張り詰めたアリアの気持ちをなんとなく読み取ったのか、その気持ちを和らげるように優しく呼びかけた。

すると、そんなリオの気遣いはしっかりと伝播したのか――、

「……はい、ありがとうございます」

アリアはキュッと唇を結んでから、粛々と礼を言う。

（いけませんね。アマカワ卿の方が年下だというのに……）

自分の方が冷静さを欠いていると、反省するアリア。なんというか、不思議な落ち着きを持つ少年だと思った。単純に礼儀正しいというのとは違う。年下なのに年上の男性と一緒にいるような感覚を抱いてしまうことも実際にある。セリアが行動を共にしているのも

きっとそういうところに惹かれているからなのだろう。アリアはそう実感していた。すると――、

「出発までまだ時間はあるようですし……………、《解放魔術》」

リオが足から地面に魔力を流し込んで精霊術で簡単に地ならしをしてから、時空の蔵を使用して、岩の家を設置した。

「なっ………、これは？」

アリアがギョッとして岩の家を見上げる。基本的に感情の変化を表情に出さないようにしていることが多いアリアだが、今日は何かと変化が窺える日だった。

「時空の蔵のことはリーゼロッテさんから教えられているでしょう？　こうして持ち運び可能な家を仕舞っておくこともできるんです。自然の景色に溶け込めるようパッと見は大きな岩にしか見えないように作られています」

あとは周囲からの認識を阻害する特殊な魔術の結界も張られているが、収納していたので今は切ってある。ちなみに、時空の蔵についてはリオが言う通り、リーゼロッテ以外にも側近のアリアにはその存在が伝わっていたりする。

「確かに、そうでしたね。ですが、持ち運び、可能な……家、ですか」

アリアの常識によれば家は持ち運ぶものではない。断じて持ち運べるものではない。し

かもこんなに巨大な家をだ。いや、家と言うより岩だ。

「どうぞ、お入りください。移動中の宿にするつもりなので、休憩がてら今のうちに家の中を紹介しておきます」

初見の相手に岩の家を見せた時の反応は流石に見慣れているのか、リオはわずかに微笑んでから玄関へと進んでいく。

それから、必要な家の間取りをアリアに紹介し簡単に休憩を取ると、リオは出発した聖女達の追跡を再開した。

そして数時間後。聖女とお付きの同行者は途中で二度、追加の休憩を取りながらも、北方の小国地帯に向かって進路をとり続けたが――、

「そろそろ日が暮れますね。情報通りなら近隣の都市で宿を取るはずです」

リオが飛行しながら、西の空に視線を向けつつ言う。

グリフォンは夜目が利くので夜間でも飛行は可能だ。が、騎乗する人間の視界が日中と比べて制限されるし、休憩地点の確保も同じく日中よりも難しくなるので、夜間の飛行は推奨はされていない（移動するなら日中の方が安全だし、空から地上は真っ暗で何も見えないので捜索任務などもまったく行えなくなってしまうからだ）。

無理して帰国を急ぐ理由もないと考えているのだろう。聖女達も夜間の移動は控えるようだと、先ほどの休憩時にアイシアが聞いていた話を教えてもらっていた。

すると、数分もしないうちに——。

聖女とお付きの乗ったグリフォンが降下を開始したのを確認した。

「降下を開始しました。どうやらあの都市で宿を取るみたいですね。我々も降下を開始しましょう」

リオも降下を開始しながら、アイシアとの交信が可能な距離まで接近した。

（アイシア、聖女が宿を取るのを確認したら連絡を。俺はいったん都市の中に入る。何か異変があったら教えて）

（了解）

などと、必要なやりとりを済ませると、街道から外れた岩場に着陸し——、

「今からここに岩の家を設置します。ちなみに、アリアさんはあの都市に掲げられている旗の紋章に見覚えはありますか？」

リオは現在地を確認するべく、アリアに尋ねた。

「ボードリエ辺境伯家の紋章ですね。ガルアーク王国の貴族です。都市の規模からしてここは領都ではなさそうなので、治めているのは代官でしょうが……」

国内貴族が保有する紋章はすべて記憶しているのか、アリアはすかさず回答する。

「助かります。なら、通信用の魔道具を使用して王城と連絡が取れるか代官の方と話をしてきますから、アリアさんは家の中でお待ちください」

「……承知しました。よろしくお願いいたします」

自分だけ家の中で待機していることに呵責を抱いた様子のアリアだったが、行こうとしているのはさほど大きな都市ではない。中で鉢合わせするリスクがあることも踏まえると代表が一人で足を運んだ方がいいだろう。貴族としての立場を持っていて、役人とスムーズに交渉を行えるのもリオだ。やる気がから回って却って迷惑をかけてしまっては無能すぎる。そう考えて素直に頷いた。

「家にある各魔道具の使い方は先ほど教えた通りです。キッチンにあるものを使って自由に飲み食いしてもらって構いませんし、お風呂に入ってもらっていても構わないので。明日以降の追跡に備えてゆっくりと休んでいてください」

「恐れ入ります」

ぺこりと会釈するアリア。

それを確認し、リオは都市へと近づき始めたのだった。

リオが地上を歩いて都市に入り、代官の屋敷にたどり着いた頃。

（聖女が宿に入っていって、彼が代官邸と思しき屋敷に入っていった。都市の外に侍女長を残していった辺り、都市の中で何か仕掛けるわけではなさそうだ。つまりはリーゼロッテ＝クレティアの身柄もこの都市にはないということ、ですかね。となると、おそらくは王城への連絡を頼みに行ったというところでしょうか）

レイスが上空から都市を俯瞰し、都市内部にいるそれぞれの動きを観察していた。各々の行動や位置情報から状況や思惑を的確に推察している。

（明日以降もこのペースで寄り道せずに移動したとして、神聖エリカ民主共和国にたどり着くのは数日内といったところでしょうか……。なら、今夜の内に必要な指示を出しておくのが良さそうだ）

レイスは口許に手を当て、ここからどう動くべきか決断した。指示を出しに行って戻ってくるまで数時間は完全に目を離すことになるが、準備にかけられる時間は少しでも多いに越したことはない。指示を後回しにすればするほど、指示を受ける者達が準備に当てられる時間が削られることになるのだ。

厄介なリオとアイシアの注意がこれまた厄介な聖女に向き、戦力が極端に分散しているこの機会を逃す手はない。ゆえに、手持ちの駒の中で誰に指示を出して動いてもらうかは重要だ。作戦の成功率は当然、一番に求められるとして――、

（……彼の注意がどこに向くのかを踏まえると、やはり今回は天上の獅子団に動いてもらうのが最善でしょう。団長の弔い合戦ということで、頑張ってもらうとしましょうか）

レイスはルシウスの部下達に動いてもらうことを決めたのだった。

それから、小一時間後。

「アリアさん、戻りました」

リオが都市の外に設置していた岩の家に戻った。

（ん……？）

玄関の扉を開けて真っ先に感じたのは、鼻腔をくすぐるなんとも美味しそうな香りであ

った。そして——、

「お帰りなさいませ、アマカワ卿」

玄関先のリビングで折り目正しくお辞儀をするアリアの姿が映る。家の中ではアイシア本人の許可を得てアイシアの服を着てもらうことになったのだが（実体化する際はほとんど自前の服を着ているので、買った服を着る機会は少ない）、今のアリアはエプロンも着用していた。

「ただいま戻りました……」

「恐れながら食材を使わせていただき、晩ご飯をご用意しています」

とんでもない美人だけに何を着ても似合うのだが、エプロン姿のアリアは侍女服姿の時とはまた印象が異なるというか——、

「……ありがとうございます。すごく美味しそうな匂いです」

リオはちょっと面食らう。

「下準備は整っていますのですぐにご用意できますが、もうお作りしてもよろしいでしょうか？　それとも、まずはお風呂になさいますか？」

「ええっと、では、お食事を。とりあえず、手を洗ってきますね」

新婚さんにありがちなやりとりをアリアとしていることもあって、リオはなんとも新鮮

な感覚を抱いた。優しく笑みを覗かせて頷きつつ、手洗い場へと足を進める。それから、手洗いとうがいをしてリビングに戻ると——、

「どうぞ、アマカワ卿はテーブルにおかけください」

と、キッチンにいるアリアに勧められ、着席するリオ。手伝いを申し出ようとしたが、機先を制されてしまった。

ほどなくして料理がダイニングテーブルへと運ばれてくる。

「簡単な品ばかりで、アマカワ卿の手料理には及ばないとは思いますが……」

そう言って、アリアが食卓に並べたのは、アスパラガスときのこがこんがりと焼き上がったキッシュと、一口大にカットされた野菜とベーコンたっぷりポトフ、サラダ、そしてクリームソースのパスタだった。

「いやいや、そんな。すごく美味しそうです」

アリアの手料理を食べるのは初めてだが、小一時間ちょっとで手間のかかる品をサッといくつも用意する辺り、料理し慣れていることが窺える。

「ありがとうございます。どうぞ、お召し上がりください」

アリアはぺこりと会釈して、リオに食事を勧めた。グラスに飲み物を入れると、侍女然と控えるようにテーブルの傍に立つ。

「えっと、アリアさんは召し上がらないんですか？　まだ召し上がってはいないはず、ですよね？」

テーブルの上にアリアの分は用意されていないので、リオが不思議そうに尋ねる。

「私は一介の侍女にすぎませんし、無理を申して同行させていただいている身です。流石にご一緒するわけにはまいりません」

リオとアリアの関係は国の名誉騎士と、他の貴族令嬢に仕える侍女である。そもそも論として一緒に食事をできるような立場ではないと、アリアは自らの身分を弁えて一線を引いた。実際、複数の世話役に見守られながら食事をすることなど、貴族なら当たり前のようにこなすことだ。が――、

「その、貴族的な慣習に慣れていないといいますか、厳かな状況だとどうも落ち着かないので、一緒に食べませんか？　頂きながら話もできればと思うので」

リオはちょっとバツが悪そうな顔で、アリアを食事に誘う。周囲の目があり、身分関係を弁えて貴族として行動するのが好ましい場合もあるということは理解しているが、人と一緒にいる時にそういうことばかり考えてしまうと肩が凝って仕方がない。

「……はい。では、お言葉に甘えまして」

そうして、アリアも一緒に食事を摂ることになり、二人分の皿がテーブルに並んだとこ

ろで――、

「では、いただきます」

「はい」

実食と相成った。

まずはポトフを口に含むリオ。他の食材の旨みが染みこんだスープで柔らかくなるまで煮込まれた熱々の野菜が、口の中でほろりと崩れていく。

「………美味しい」

というより、美味しくないはずがない。アリアはリーゼロッテに仕える侍女長だ。リーゼロッテの屋敷で日常的に料理を行っているのは専属の料理人なのだろうが、時と場合によっては側近中の側近であるアリアが食事を用意することがあっても不思議ではない。必然的に料理の腕も一流であろう。

「それは良かった」

アリアはホッとしたように顔をほころばせると、ナイフとフォークを美しい所作で使ってキッシュを口に運んだ。それから――、

「それはそうと、王城への連絡は滞りなく行えました。国を出るので帰還に少々時間がかかりそうだと。明日までには陛下のもとに情報が届いているはずです。通信用魔道具は情

報漏洩のリスクもあるので、リーゼロッテさんと聖女の名は伏せておきました」

　リオが報告を行う。通信用の魔道具は通信圏内で受信用の魔道具を設置していれば誰にでも通信内容を閲覧できてしまうため、情報漏洩のリスクを踏まえて報告内容はだいぶ抽象的にした。具体的には、リオがボードリエ辺境伯領までたどり着いていること、国の外へ出て行くことになりそうだということ、帰還までには最低でも一週間はかかりそうなこと、等々を報告した。

「何から何まで、恐れ入ります」

「いえ。こちらこそ、こんなに美味しいお食事をどうも」

　リオがキッシュを口に含む。その言葉通り、実に美味しそうに口許をほころばせた。

　アリアが手にしていたカトラリーの動きも止まり、リオの顔をじっと見る。

「………………」

「どうかしましたか？」

　リオは不思議そうにアリアの顔を見つめ返した。

「……いえ、なんと申しますか、アマカワ卿がいてくださって本当によかったと思いました。セリアを始め、アマカワ卿が多くの方から深く慕われている理由がよくわかったような気がしました。上手く言葉にはできませんが、アマカワ卿は不思議な魅力をお持ちの方ですね」

アリアはそう言って、柔らかな表情を覗かせる。

「……どうしたんですか、急に？　持ち上げられても何もできませんが」

リオはこそばゆそうに戸惑う。

「リーゼロッテ様が拉致されたことを思うと、今も聖女と無力な自分に対する怒りがこみ上げてきます。ですが、アマカワ卿を見ていると無駄な力みが取れて、焦る気持ちも不思議と落ち着いて行くのを感じます。おかげで心身共に最善の状態で事に臨めそうです」

アリアの表情から覚悟が垣間見え、精悍に引き締まる。リーゼロッテを救い出すという決意や緊張感が和らいだわけではない。むしろ研ぎ澄まされている。だが、焦ったところで何かが変わるわけでもない。リオはそれを教えてくれる気がするのだ。できることをするだけだ、と。実際、今に至るまで、リオはそれを黙々と実践し続けている。

「……王城で私に同行を願い出てきた時のアリアさんは相当に思い詰めた顔をしていました。それが好ましいことだったのか、悪いことだったのかはわかりません。ですが、私は今のアリアさんの顔の方が好きです。何かをした覚えはありませんが、アリアさんに良い影響を及ぼしていたのなら良かった」

リオはそう伝えて、少しはにかむ。

「そういうところ、なのでしょうね。やはり……」

ここぞというところで、リオは自分の価値観に基づいて実直に突き進んでいるように思える。だが、自分の価値観や、こうあるべきだという在り方を人に押しつけてくることはしない。もちろん訊けば考えを聞かせてくれるが、まずは行動で示す。

だから、考えさせられるのだ。黙々と突き進むリオの姿を見て、自分がどうするべきなのか、どうしたいのかを……。きっとそういうところが人を惹きつけているのだろう。アリアはそう思って、柔らかく口許をほころばせる。

「何が、でしょうか？」

リオはきょとんと首を傾げる。

「それより、アイシア様は聖女の監視を継続しておられますが、交代は必須のはず。私に代わることができるのなら、せめて夜間だけでも代われればと思うのですが」

アリアはやおらかぶりを振ってから、現在進行形で休むことなく聖女の監視を続けているアイシアの心配をした。もちろん、リオとアイシアがどうやって交信を行っているのかその交信手段をリオが教えてくれるのか次第だろうが、交代できるのなら交代をしてアイシアの負担を減らせればと思ったのだろう。

「ああ。その点については心配無用といいますか……、私も夜間の交代を申し出たんですが、大丈夫だからと断られてしまいました。アイシアは食事や水分補給、睡眠をとることなく活動することができるので」

理由はアイシアが精霊だからだ。アイシアは食べるのが好きだし、食べれば食べた分だけ即座に魔力に変えて補給できるが、精霊なので食事や水分補給の必要がない。寝ることも好きだし、よく寝ていることも多いが、その気になれば睡眠はとらずとも活動はできるというわけだ。

ただ、アリアはアイシアが精霊であることをまだ知らないので、どういう順序で説明すればいいものか、リオは言葉を選ぶ。

「………………？」

案の定、アリアは不思議そうに疑問を浮かべている。人間であれば必須になるであろう欲求を満たすことが不要と言われれば、そんなはずはないと考えるのが普通だろう。

「実際に見て確かめてもらうのが一番手っ取り早いんですが、とりあえず今は口頭で説明するしかありませんね。ちょうど良い機会なので、他にも色々と説明しておこうと思います。例えば私が空を飛んでいるのは魔剣の効果ではありません」

もちろん、剣を媒介に風を噴出させて空を飛ぶこともできるが、リオはここまでの道中で剣を媒介に風を操って空を飛んでいたわけではなかった。剣は鞘に収めたままで、握ってすらいなかった。

というのも、リオが持つ剣は精霊術を使用するために魔力を錬り上げるのを補助する効果があり、精霊術を纏わせてその威力を増幅させることができるが、必ずしも剣を起点に術を発動させた方がいいというわけでもない。

リオの肉体とは切り離されて剣から術を発動させる以上、術者であるリオ自身に効果を及ぼすように術をかけようとするのには向かないし、剣である以上はどうしても剣という特性に縛られてしまう。剣の柄を握らなければならないという制約もある。

すなわち、纏わせた精霊術を斬撃とか、突きに乗せて放ったり、何かに剣を突き刺したり、剣を起点に術を発動させる分には術の発動も操作もしやすいが、剣を起点に術を発動させることで余計なプロセスとなってしまう場合は、却って術の発動速度や精度に悪影響が出てしまうことがあるというわけだ。

例えば、剣を対象に術を発動させて、そこからさらに別の対象に術をかけようとする場合を想定するといいだろう。剣以外の対象に術をかけたいのなら、わざわざ剣を対象に術をかける必要はない。術者であるリオが空を飛びたいのに、空を飛ぶように剣から術を発動させて、そこからリオに術の効果を及ぼすのは余計な手間というわけだ。

「……むやみやたらと教えていただいていいような内容とも思えませんが、よろしいのですか？　強力な魔剣と同等以上の秘密であるように思います」

好奇心はあるが、かといって節操なく頷くことはできないアリア。

「昼にもお伝えした通りです。アリアさんはリーゼロッテさんの腹心であり、セリアの大切な友人でもある。だから、むやみやたらと言いふらす方ではないと信じて話しておくべきだと思いました。リーゼロッテさんを救出する過程で、魔剣の効果では説明がつかないことをたくさんすることになるはず。伏せておくことで救出の確率が下がるのは本意ではありません」

　と、リオは伝えておくべき理由を告げた。すると――、

「…………でしたら、先に私が持つ魔剣の効果を開示させてください。そうでなければ釣り合いが、いいえ、それでも釣り合いはとれませんが、私からのアマカワ卿への信頼の証とさせてください」

　アリアが決然と申し出る。

「リーゼロッテさんの許可なく教えてしまってよろしいのですか？」

　魔剣の所持者は主人であるリーゼロッテであるはずだ。

「事後承諾をとります。主人も必ずやお許しくださるはずです。仮に許されないようであれば、責任を取るまでです」

「と、仰いましても……」

「話を聞いてしまっていいのか、アマカワ卿が感じられている以上の抵抗を私も感じているとお考えください」

躊躇うリオに、アリアがすかさず訴えかける。

「……わかりました。では、互いに必要な能力を開示するということで」

リオは困ったように苦笑してから頷いて、アリアからも魔剣の能力について話を聞くことを決めた。

それから、まずはアリアが魔剣の能力やそれを踏まえての戦闘スタイルをリオに打ち明ける。アリアが所持する魔剣は使い手『致死の厄剣』といって、込められた魔力に応じた切断力の強化と、傷の治りを遅くするという効果が秘められていると判明した。

一方で、リオからは精霊術のことと、アイシアが精霊であることをアリアに教えることになる。説明事項が多岐にわたったため、概要のみの説明となってしまったが、アリアよりもリオの方が説明に長い時間を要することになった。

そうして、互いに必要な説明を終えると――、

「やはり私が伺ってよい話ではなかった気がするのですが……。こちらから提供した情報に対して、得られた情報が多すぎるといいますか」

明らかに等価交換にはなっていなかったと、アリアは表情を強張らせる。精霊術にも驚いたが、特にアイシアが精霊だということの驚きは強い。

「リーゼロッテさん救出の確度を上げるためです。これで私もアイシアも存分に力を振るえます」

アリアが気にしなくていいようにとあえてそうしているのか、リオは少しおどけたように微笑して肩をすくめた。実際、味方であるアリアに手札を伏せた状態では、行動が制約されてしまう。その場その場でいちいちどうするか、どう説明するかを判断するよりは、先に情報を開示して抱き込んでしまった方が手っ取り早いというわけだ。

「ですが……、やはり私はお荷物になっていますね」

アリアは申し訳なさそうに顔を曇らせた。

「それは絶対に違います。行った先で何が起こるかはわかりません。敵の力も未知数である以上、アリアさんほどの使い手に同行してもらえるのならとても安心できます。何より一番信頼しているアリアさんが来てくれた方が、リーゼロッテさんも安心するはずです」

リオが淀みなく言いきる。別にアリアのことを気遣っているというわけではなく、本心からそう思っていることがわかった。

（その主を私は守れなかったわけですが……）

後ろめたそうな顔で一瞬だけ口を結ぶアリア。だが、だからといって後ろ向きになってはいられない。救わなければならないのだ。救いたいのだ。そのために今の自分にできることをする。目の前に座ってまっすぐと自分を見つめてくるリオと視線を重ねて、決意を新たにしたのか――、

「……アマカワ卿には頭が上がりませんね、本当に」

アリアは少し儚げに微笑んでから、いたく感銘を受けたような眼差しをリオに向けたのだった。

【第三章】神聖エリカ民主共和国

　時は一週間ほど遡る。

　場所はガルアーク王国の北西に広がる小国家地帯。その最北端に位置する神聖エリカ民主共和国の元首官邸として使用されている屋敷の一室で。

（……参ったわね。本当に参ったわ）

　聖女エリカに拉致されたリーゼロッテは、リオ達の推察通り一足先に神聖エリカ民主共和国に送られて軟禁状態に置かれていた。国にたどり着いたのが、今からちょうど一週間前のことである。

　この一週間、なんとか脱出できないか考えたことは何度とあった。しかし、室内に窓はない。脱出しようにも一つしかない扉には鍵がかかっているし、扉の外には見張りがいるし、魔封じの首輪で魔法は使えない。

　あまりにも脱出が難しい。仮に部屋を抜け出すことができても、屋敷の中で見張りの誰かに見つかって捕まるだろうし、屋敷を抜け出せても都市の外に抜け出す前に捕まる可能性が高い。そして都市の外に出ることができたとしても、魔法が使えなければ外の世界で生き残ることはできない。

魔法が使えなければ、リーゼロッテは十五歳の非力な女の子にすぎないのだ。護身術は習っているが、複数人に襲われれば容易く組み伏せられるだろう。

そんなこと、この部屋に連れてこられたその日のうちに理解したし、何度考えても同じ結論に達した。だが、諦めるかどうかは別問題だ。

脱出の隙がないか、一週間かけて探ってみた。しかし、一週間の間で人との接触は食事を運んでくる相手とだけ。食事を運んできた者も話をしようとせずすぐに立ち去ってしまうので、脱出の隙を探るどころか、情報を得る機会すらなかった。

アマンドで聖女に攫われた際には意識を奪われ、気がついたらグリフォンに乗せられて神聖エリカ民主共和国に移送させられていたから、屋敷で話をして以降、聖女とは話をしていない。

リーゼロッテを護送していた従者達も聖女から碌に情報を与えられておらず、移動中はほとんど猿ぐつわと目隠しをされていたので、碌に情報を得ることも、抗議をすることもできなかった。

（本当に、八方塞がり……。攫った相手を閉じ込めたまま一週間も放置するのは、不安にさせるためだと理解はしているけど……）

理解はしていても、実際にやられるとなかなか応えるものだ。何しろ考える時間だけはいくらでもある。そして、希望がないことを嫌というほど思い知るのだ。状況は最悪である。が、だからといって簡単に諦めるリーゼロッテではない。

（魔法を使えるようにでもならない限り、脱出は無理。となれば、このまま軟禁され続けるしかない。けど、ガルアーク王国へ帰るのは絶対よ。だから現状でどうすればガルアーク王国へ帰ることができるのか、考えないと……）

考える時間があるのなら、何度でも何度でも同じことを考えればいい。何か新しい閃きがあるかもしれない。この軟禁状態で、ガルアーク王国へ帰ることができる事態が発生するとしたら——、

（現状で脱出が現実的でないのなら、魔封じの枷を外す鍵を手に入れるか、グリフォンを奪って、脱出を現実的にする。私を攫った目的がリッカ商会と関係しているのなら、そこを糸口に身柄を返還してもらえるよう交渉を試みる。それか、単純に救出を待つ）

自分から動くか、誰かに動いてもらうのを待つしかない。

（誰かが助けに来てくれたら一番楽だけど、それは都合が良すぎるわよね……）

今回の拉致はリーゼロッテの油断から生じたものだ。父であるクレティア公爵を始め救

出論を唱えてくれる者もいるだろうが、自業自得だという見方をして反対する者も現れるはずだ。勇者である聖女が設立した国と敵対する可能性があるとなれば尚更である。

国王とはいえフランソワも貴族達の声を無視することはできない。国のため争いを避けるべく少数であるリーゼロッテの犠牲を強いる選択を下す可能性は高い。

それでもスムーズに救出部隊が編制されるとしたら、高い勝算があり、かつ、クレティア公爵のように強い影響力を持っている有力者がフランソワにリーゼロッテ救出を訴えかけてくれた場合だろう。

だが、父であるクレティア公爵が娘の救出を訴えたところで国を私情で動かす気かと責められるだろうから、今回は父を頼りにすることはできない。

あるいは、リーゼロッテ救出のため内々に動き出そうとしてくれる者がいる可能性もある。だが、この状況でリーゼロッテを奪い返そうと神聖エリカ民主共和国に乗り込めば、その者達がガルアーク王国の指示を受けたものだと邪推されることは必至。独断でそんな真似をすればガルアーク王国に対する裏切りに他ならないわけで――、

（……………私のためにそこまでのリスクを背負ってくれる人は、いないわよね）

一瞬、一人の人物の姿が脳裏をよぎるが、そんな都合の良い夢物語はありえない。自分に仕える侍女達が動き出してくれる方がまだ現実的だ。

が、リーゼロッテに仕える侍女達は主人を救出するために独断で動き出すことで、ガルアーク王国内でのリーゼロッテの立場がさらに悪くなることがわからないほど愚かな者達でもない。国王であるフランソワの許可が得られない限りは、静観するのが最善であることくらいは理解できているはずだ。

（あの子達、変に責任感を覚えていなければいいんだけど……。特にアリアには悪いことをしちゃったわね）

リーゼロッテはアリアと聖女が交戦した時のことを思い出す。

あの時、聖女エリカは粉塵を巻き上げて一帯の視界を遮り、リーゼロッテを狙いに行ったと見せかけて、あえてアリアが粉塵から飛び出してくるのを待った。アリアが粉塵から飛び出てきたところを聖女が狙い撃つことは予想できたので、リーゼロッテは注意を促そうと声を出してしまい、聖女に位置を知られてしまったわけだ。

結果的にアリアが聖女の待ち伏せに反応し、バックステップを踏んでいたのは最後にかろうじて見えた。身体強化を施していたはずだから、致命傷は負っていないはずだ。もしかしたら無傷の可能性もある。ただ――、

（あの時、私がアリアに声をかけていなくても……）

アリアなら対処できていたのかもしれない。

そんな疑念が頭をもたげる。

もしそうだとしたら？

（……やっぱり私の失態ね）

リーゼロッテはほぞを噛むように、端整な顔を歪めた。部下達が呵責に苛まれていることを想像すると、なんとも申し訳ない気持ちがこみ上げてくる。

気にする必要はないのだと伝えたい。これ以上、ガルアーク王国に迷惑をかけるわけにもいかない。だから――、

（なんとしてもガルアーク王国へ帰ってみせるわ）

リーゼロッテは誰かが助けにきてくれるかもしれないという淡い望みを断ち切り、必ず帰るのだという決意をいっそう強めた。

状況が絶望的だからって、弱っていられない。そう、弱ってはいられないのだ。今までだって自分で動いて、幾度と道を切り開いてきた。今回もそうするだけだ。

そのためには――、

（まずは対話ね。相手の意図を探って、その上で交渉を試みる。この放置状態がいつまでも続くとは思えないし、いい加減、誰かが接触してきてもおかしくないはず）

誰かが接触しにきてくれなければ、対話することすらできない。こちらが弱ったタイミ

ングを見計らって交渉を仕掛けてくるというのであれば、それを逆手に取ればいい。

一週間にも亘っていっこうに対話をする機会を与えられなかった状況で、ようやく訪れるかもしれない対話の機会なのだ。そのチャンスを利用しないで自暴自棄になるほど愚かなことはない。

幽閉されている状況において、意志が折れていないぞと主張するのなら反抗的な態度をとればいい。逆に相手の油断を誘いたいのなら、素直な態度を取ればいい。

ただ、いずれにもデメリットはある。強く反抗的な態度をとれば相手の態度まで強硬化する恐れがあるし、あまり素直に見えるように振る舞うと却って警戒されてしまう恐れがある。それらを回避したいのなら、いきなりどちらかに偏った態度を取るのではなく、間を取った立ち振る舞いをするべきだろう。

今回に限っていえば多少疲れているくらいに見えるのがちょうどいいかもしれない。リーゼロッテはそんな事を考えていた。問題があるとすれば——、

(いきなりあの聖女が接触してくるのは止めてほしいわね)

聖女エリカ以外の人間との接触が一切禁止されてしまっている場合だ。

(正直、あの人のことは読みにくいのよね。聖女エリカでいる時も、桜葉絵梨花でいる時も……)

アマンドでの体験を踏まえる限り、嫌な苦手意識があるというか、交渉相手としては最悪だ。というより、心証も最悪だ。

聖女エリカでいる時は結論ありきで喋ってくるので本音が窺えないし、桜葉絵梨花でいる時も人を食ったような態度を取って本音を隠すような節が見受けられた。そもそもアマンドでもリーゼロッテと交渉する気があったのかもわからない。

(国に戻ってき次第、接触してくるんでしょうけど、その前に別の誰かが来てほしいところね)

その翌日のことだった。

朝、リーゼロッテが朝食を済ませると、食器を下げにやってきたいつもの人物とは別に二人の男女がやってきた。

一人はリーゼロッテをこの国まで護送してきた者達の一人である。剣士の女性で、もう一人は見たことがない男性だ。

どうやら剣士の女性は男性の護衛として同行しているらしく――、

「初めまして。私は神聖エリカ民主共和国の宰相、アンドレイといいます」

男性、アンドレイは胸元に右手を添え、貴族然とした所作で自己紹介をした。ただ、緊張しているのか、表情も動作もぎこちない。

（宰相にしては、かなり若いわね。初々しいというか……。芝居には見えないけど）

わずかな挨拶から相手を観察し、内心で戸惑うリーゼロッテ。宰相といえば国の代表を補佐する者が就く役職だから、政治の経験豊富な人物が就くのが慣例である。

だが、アンドレイの年齢はおそらく二十代で、好青年然とはしているが、こなれた感じがまったく窺えない。というより、他国に所属する貴族に緊張を見透かされているようでは、一国の代表を補佐するには頼りなさすぎる。

とはいえ、ようやく交渉の機会が得られるかもしれないのだ。少々頼りなく見える点が気になるが、宰相であるのなら交渉相手としては申し分ない。

「どうも、初めまして。ご存じでしょうが、リーゼロッテ＝クレティアです」

リーゼロッテはわずかに憔悴しているような風情を装いながらも、社交的な態度でアンドレイに応じる。

「はい、貴方……というか、リッカ商会のことは知っています。私も以前はこの国で商いをしていたので」

「そう、ですか。それは光栄です」

「大貴族のご令嬢がリッカ商会の会頭だとは聞いたことがありますし、そこにいるナターリアからもまだ成人したてくらいの子供にしか見えないと聞いていましたが、本当に若いですね」

アンドレイはまじまじとリーゼロッテの顔を見つめた。見た目が幼いからと侮っているというわけではなく、憧れが入り混じった好奇心が窺える。

「…………えっと、何の御用でいらしたんでしょうか？」

リーゼロッテは困惑を滲ませて尋ねた。

「これは失礼。今日は貴方にこの国のことを見てもらおうと思って足を運びました」

アンドレイは軽く咳払いをして、用件を打ち明ける。

「国を見る、とは？」

「この国がいかに素晴らしい国なのか、その目で実際に見てもらって、貴方に知ってもらいたいのです。そうすればエリカ様の偉大さも知っていただけるはずなので」

「部屋の外に出させてもらえるのですか？」

「ええ」

「……よろしいのですか？　この一週間、徹底して人との接触を断たれていたのに、急に外に出してしまって」

「ええ。すべては聖女エリカ様のご指示によるものです」

「……なるほど。その指示がどういう意図によるものなのか伺いたいところですが……」

「聖女エリカ様のお考えについては、アマンドでされた話の通り、とのことです。貴方を神聖エリカ民主共和国に迎(むか)え入れたいと」

「その件については再三に亘ってお断りしたはずなのですが。ほとんど猿ぐつわをされた状態で碌にお話もできませんでしたが、そちらにいるナターリアさんにも道中でお願いしました。ガルアーク王国へ連れて帰ってほしいと」

そう言って、リーゼロッテはアンドレイの背後に立つ女性剣士のナターリアにちらりと視線を向けた。すると――、

「アンドレイ様、この女はエリカ様のお心遣(こころづか)いを理解できない不遜(ふそん)な貴族です」

これだ。ナターリアはリーゼロッテのことを異様に敵対視してくる。リーゼロッテが貴族であることに起因しているようだが、聖女エリカに対する忠誠心も相当に強いからなのだろう。

道中でアマンドでの出来事を説明し、エリカの行いが重大な国際問題になり得ることを主張したが、取り付く島がなかった。結果、面倒(めんどう)くさがられて猿ぐつわをされたのだ。

「……どうやら些細なすれ違いがあったようですね。聖女エリカ様との間でも、ナターリアとの間でも」

アンドレイは困ったように溜息を漏らす。

「些細なすれ違い、ですか。私は聖女エリカにいきなり襲われ、拉致されてこの国へと不当に連れてこられたのですが……」

現状で発生している事実のどこが些細なのかと、声を荒らげることはせず静かに抗議するリーゼロッテ。不満を示すため、表情も声も自然と強張っている。

「……貴方がエリカ様に拘束されてこの国へやってきた、という事実については、そこにいるナターリアがエリカ様から言付かり、私も話を聞きました」

アンドレイはエリカと行動を共にし、この国までリーゼロッテを移送してきたナターリアを視界に収めながら、部分的に事実関係を認めた。

「では、他国の人間を無理やり拉致している現状について、貴方がどのように事態を受け止めているのかお聞かせいただきたいです」

リーゼロッテが鋭い眼差しで尋ねるが――、

「私はエリカ様を信じております。そして、この件に関してこれ以上、元首であるエリカ様の代わりに私が事実関係について認否を行うことはできません。現在進行形で生じているすれ違いについては、エリカ様がお戻りになってから直々にお話になるとのこと。宰相である私の言葉はそのまま国の言葉になってしまいかねませんので、ご理解ください」

アンドレイはリーゼロッテが攫われた件での事実認否はこれ以上行わないと、とりつく島もないようにはっきりと告げる。

国の元首であるエリカと、他国から連れてこられたリーゼロッテ。この場において立場が弱いのはリーゼロッテだ。

リーゼロッテに対する信頼がない以上、主張が正当でも相手が信じて受け容れてくれる望みは薄い。主張の仕方を間違えてしまえば聞く耳すら持たれなくなるだろう。

このまま被害を訴えたところで、アンドレイ達が恥じて、悔いて、謝罪して「どうぞ帰ってください」となるとは到底思えなかった。

「……………わかりました。ですが、些細なすれ違いなどではなく、深刻な国際問題となる事態が発生している、と私が認識しているということはご理解ください」

リーゼロッテは感情にまかせて怒りを吐き散らすのではなく、代わりに警告の言葉とともに溜息を吐き出した。

ここでエリカを貶めるようなことを言うのは簡単だが、強く信頼している相手のことを悪く言われればアンドレイが快く思わない可能性があることは容易に想像がつく。味方が一人もいないこの状況で最初から敵を作るような言動も慎むべきであろう。

エリカが来た時に話をするというのであれば、その時にしっかりと非難すればいい。そう判断したのだ。

「……心得ておきましょう」

「……それで、その聖女エリカがいない状況で、何の御用でしょうか？」

「既にお伝えしている通り、この国がいかに素晴らしい国なのか、貴方に知ってもらいたいのです。貴方が良き善人であるのなら、この国のことを知ってもらうことできっとエリカ様に協力してくれるはずですから。そうすればすれ違いも収まるはずです」

と、アンドレイは信じて疑わないように訴えかけた。

（……本当にただ国を見せるためだけにやってきたの？　このタイミングで？）

他に何かしらの交渉を持ちかけてくると思っていただけに、リーゼロッテは拍子抜けしてしまう。

「……わかりません。どうして貴方がそこまで確信を持てるのか。今も聖女エリカの指示でこの場に来ているということはわかりますが、聖女エリカが他国の貴族である私を一方的に連れ去っている現状を認識しながらも、どうして彼女をここまで強く信じることができるのか」

エリカのことを強く信じすぎていて、まるで操り人形でも見ているかのようだ。アンドレイの考えがどうにも見えてこなくて、リーゼロッテは少し不気味に思う。

「簡単です。エリカ様の意思は私の意思でもあると考えてください」

アンドレイは何の迷いもなく言いきった。

「そう、ですか……」

と、相槌を打つリーゼロッテの心中では、落胆の色が強く広がっていく。

薄々と察していたが、ずいぶんと強く聖女エリカのことを信奉している。その状態が保たれている限り、自分とは絶対に相容れることはないという確信がある。それに、どうにもよくわからないことがあった。

（…………本当に、わからない。あの聖女がどうしてここまで信奉されているのか）

リーゼロッテが知る限りで聖女とはほど遠いイメージしかないエリカが、少なくともこの国の上層部においては聖女として強く信奉されている。

いったい何をすればここまで崇められるというのか？　何か秘密があるというのだろうか？　それが現状ではまったくわからない。だから——、

「…………わかりました。では、案内をお願いできますか？　確かに、私は知らなすぎるようです。聖女エリカのことも、この国のことも」

教えてくれるというのなら、知ろうと思った。この国のことをよく見せてくれるというのなら、情報収集をする絶好の機会ではないか。石橋を叩いてばかりでは前に進むこともできない。まずは一歩を踏み出すのが肝要だ。

「貴方は賢明な女性ですね。流石はエリカ様が見込まれただけのことはある。では、どうぞついてきてください」

アンドレイは実に満足そうに頷くと、リーゼロッテを部屋の外へと誘う。かくして、リーゼロッテは一週間以上ぶりに部屋の外へと出ることになった。

リーゼロッテはアンドレイとナターリア、その他にも数人の警護……というより監視の人員に囲まれて屋敷の外に出た。

「ちなみに、貴方は我が国のことについてどこまで理解されているのでしょうか？」

アンドレイは玄関の外で立ち止まると、背後を振り返ってリーゼロッテに問いかける。

「神聖エリカ民主共和国が貴方方の起こした革命で王政を廃し、誕生したことは伝え聞いています。どうして革命が起こるに至ったのか、その経緯については知りません」

「シュトラール地方の北東部には無数の小国家が乱立していて小競り合いが起こっていますが、我々が革命を起こしたリヴァノフ王国はそういった争いとは無縁でした。主要な産業と言えば農業で、なのに土地は枯れている。資源が眠っているわけでもない。北方の果てに位置し戦略的に重要な土地というわけでもないし、一年を通して気温も低い」

今も昔も他国に狙われるだけの旨みが一切ないのだと、アンドレイは自嘲を覗かせて説明する。

「…………」

リーゼロッテは否定も肯定もしないが、実際その通りだと思った。北方の小国家地帯にある一国で革命が起きたという出来事のインパクト自体は強かったが、ガルアーク王国からは距離が遠い上に、戦略的に存在感がある国でもなかったから情報収集は後回しになっていた。

「リヴァノフ王国の歴代国王は悪政を敷く人物ばかりでした。立地的に自国には旨みがないことを逆手にとってプロキシア帝国の属国に加わり、その庇護下で王家と王家に迎合的な有力貴族だけが裕福に暮らせる体制を構築し、民を虐げてきた。革命が起きたのはその反動です」

「……つまり、聖女エリカがいなくとも、革命は必然的に起こっていたと？」

「革命が起きる土壌はあったと言えるでしょう。ですが、それでもエリカ様がいらっしゃらなければ革命が起きることはなかったことは確かです。人の浅ましさを煮詰めたように強欲でずる賢い王侯貴族達に対して、我ら民はあまりにも無知で、政治に無関心すぎました。自分達の国の状況すらよく知らず、どんなに理不尽でもどんなに生活が苦しくても、王侯貴族には逆らってはいけないのだと、搾取を当然のように受け容れていた」

「そんな貴方達を変えたのが聖女エリカであったと？」

「ええ。身分など関係ない。人は生まれながらにして平等であり、平等に生きるための権利がある。それが人を超えた神々が定めし世界最高のルールである。王侯貴族も所詮は人である以上、人を不平等に扱う法を作り、権力を行使する王侯貴族は誤っている」

と、アンドレイはまずそこまで力説してから――、

「エリカ様は無知な我々に、そういった知識を与えてくださった。率先して動き出し、王侯貴族に反抗する勇気を与えてくださった。絶望していた民達に救いを与えてくださったのです。革命で民達が死なぬよう、常に自らが先頭に立って突き進み続けてくださった」

そう、続けた。アンドレイの声には実感に裏付けられた強い熱がこもっている。しかしリーゼロッテからすれば実感を伴わない第三者の評価ではあった。だから――、

「私は聖女エリカがこの国で何をしてきたのか、知りません。苦しんでいる民衆を救った

というのであれば素晴らしい行いだとは思いますが、それをこの眼で実際に見てきたわけではない。だから、どうして貴方達がそこまで彼女のことを信奉していて、無条件に彼女について行こうとするのか、いまいち理解しかねています」

リーゼロッテは現状で抱いている印象を正直に打ち明ける。

要するに、アンドレイの話だけではエリカを信じることはできず、むしろここまで妄信されていることで、聖女に対する印象がますます不可解になったのだ。すべてはアマンドの一件があるからこそ、だ。

「これから知っていけばよいのです。彼女は弱者のために率先して行動し、奇跡ともいうべき力で、奇跡のような結果を残し続けてきた。この国もその結果の一つです。さしあたって、奇跡と言うほかにないエリカ様のお力の一端をお見せしましょう」

アンドレイはふふんと誇らしげに笑みを浮かべると、屋敷の玄関先から門へと続く道を歩き始めた。

現在地はリーゼロッテが軟禁されていた屋敷から数分の位置である。

「既に聞いているかもしれませんが、ここは神聖エリカ民主共和国の首都エリカブルクであり、もともとはリヴァノフ王国の王都だった都市です。貴方が滞在しているあの屋敷は貴族街の外れの方にあった元首官邸ですね」

先頭を歩くアンドレイが都市について語った。

「……ということは、この辺りも貴族街だった場所なのですか？」

「ええ、活気があるでしょう？」

「あることにはありますが、職人の方だらけ。どこも工事中のようですが……」

リーゼロッテが周囲を見回し、困惑がちに見たままのことを言う。

そう、周辺を歩き回っているのは職人か手伝いと思われる者達だらけ。仕事とは無関係な一般市民らしい者の姿はほとんど見当たらない。誰もが元気よく声を出して忙しそうに作業をしている。

「革命の際に民衆が王城まで押し寄せましたからね。その時に貴族街もだいぶ破壊されてしまったんです。今は庁舎用に利用したい土地や建物を選定して、優先順位をつけて工事をしている最中です」

貴族街に立ち並ぶ屋敷の多くは荒れに荒れていた。特にかつて存在していた王城へと続く道に立ち並んでいる屋敷はひどい。道自体もどうやったのか深く抉れている場所があって、破壊の跡が目立つ。

（…………革命の爪痕、か。起こした側の怒りが窺えるわね）

リーゼロッテは複雑な面持ちで周辺を見回す。

為政者の側に立つ者としては決して他人事ではない。民衆の怒りが蓄積し、不満が爆発するようなことがあれば、アマンドだってこうなってしまう恐れはある。

「特にこの辺りは破壊の爪痕がひどいですね。あの辺りに瓦礫の山があるでしょう？　あ、そこには王城が、あ、あったので」

アンドレイはそう言って、進行方向に向かって百メートルほど先を手で指し示す。

「……王城が？」

リーゼロッテが訝しげな顔になる。アンドレイが示す方向に城らしい建物など見当たらなかったからだ。

ただ、そこだけ妙に視界が開けていて、瓦礫と土砂の山があった。そこに何か周囲の建物よりも大きな建造物があったかのような……。景色に違和感がある。

「ええ、ありました。過去形です。王城は革命の際に聖女様が破壊されて王族ごと葬ったので」

アンドレイは事もなげに言うが――、

「えっ⁉」

リーゼロッテがギョッとする。

「もう少し近づけばわかりますよ。もともとあそこには絶壁の丘があったんです。その上に石造りの頑丈な王城があったんですが……」

そう言って前へと進んでいくアンドレイ。

「……聖女エリカが、一人で破壊したというんですか？」

リーゼロッテは早足で追いかけながら確認する。

「ええ、一撃でした」

アンドレイが誇らしげに答え――、

「い、一撃……？」

リーゼロッテはかつて城が建っていたという瓦礫の山をまじまじと眺めた。そこにどの程度の規模の城があったのかは、立地や敷地の広さからおおよその見当がつく。

小国とはいえ王族が暮らす建造物だ。地盤の良い場所を選んで、頑丈に造られていたことも想像に難くない。それに――、

（あそこに丘があって、その上にあった城ごと一撃で破壊した？　最上級攻撃魔法を直撃させても無理でしょ）

亜竜の皮膚ほどではないが、城の壁等には魔法による攻撃に対して高い耐性を持たせるために特殊な塗料が塗られていることが多い。ここにあった城にそれが使われていたかは不明だが、仮に使われていなかったとしても丘ごと城を壊すのは非現実的に思える。一撃で破壊したと言われても、にわかには信じられない話だ。

「……いったいどうやって？」

絶句するリーゼロッテだったが、かろうじて口を動かし質問をひねり出す。

「言ったでしょう？　聖女様は奇跡とも言うべき力を持っていると。革命軍に参加していたすべての民衆が証人です」

アンドレイはリーゼロッテの反応を見て確かな手応えを感じているのか、誇らしげに相好を崩す。

「……もしかして、神装による力ですか？」

「神装？」

アンドレイが怪訝な顔になる。

「シュトラール地方に召喚された勇者達が所持している伝説の武器です。聖女エリカも錫杖を持っているでしょう？　それが神装であることはわかっています。……まさか、彼女が勇者だと知らなかったのですか？」

「え、ええ、初めて知りました。勇者が降臨した国があるらしいという話は聞いたことがありますが……」

目を丸くして頷くアンドレイ。勇者のことをあまり知らないのは、辺境の小国では大した情報が入ってこなかったのだろう。この反応からすると、エリカ本人からも打ち明けられていなかったということが嘘とも思えない。

「なるほど……」

と、リーゼロッテは相槌を打ちつつ――、

（あの聖女は身内にも勇者であることを伏せていたことになる。アマンドで暴れ始める直前に、勇者であることはまだ隠しておきたいとか言っていたけど……）

考えても答えが出ない問題だと思ったので棚上げにしていたが、その理由は何なのだろうか？　改めて気になりだす。

（それにしても、沙月さんや他の勇者にも神装で同じことができるのかしら？）

リーゼロッテが記憶している限りで最も神装の力を引き出していたのは、リオと手合わせをしていた時に八岐大蛇を模した水龍を出現させた弘明だ。

弘明はコントロールできていなかったように思えるが、それでもすべての水龍を合算した時の規模は最上級攻撃魔法に匹敵していた。が、仮にあの時の水龍をすべて直撃させてもここにあったであろう丘を崩壊させることは難しいように思える。

伝説とはえてして誇張されるものだ。リーゼロッテは弘明が操っていた水龍を見て、神装で操ることができる事象が最上級攻撃魔法か、それより幾分か規模が上の攻撃を自在に繰り出せる程度のものだろうと錯覚していた。それだけでも相当な脅威である。

だが――、

（……もしかして、神装が引き起こすことができる事象の規模はあの程度ではない？　最上級攻撃魔法の数倍……、最低でも小高い丘程度なら一撃で吹き飛ばせる攻撃を放てるのだとしたら？）

相当な脅威どころではない。それだけの攻撃を放てる者が先陣を切って突撃してくるとしたら、万の軍勢で挑んでも容易く負ける恐れがある。勇者はそれだけの力を秘めていることになる。

ただ、現状で他の勇者達にそれが可能なのかどうかは疑義がある。同じ神装を操っているのだから、聖女にできて他の勇者達にできない理由はないはずではあるが、少なくともリオとの手合わせにおいて不完全な八岐大蛇しか顕現できなかった弘明には無理だろう。

（聖女は神装に眠る未知なる力の引き出し方を知っている？　それを隠すために勇者であることを伏せておきたかった、とか？　仮に戦争になったとして、伏せておけば敵軍に対

して大きなアドバンテージを獲得していることになるもの）

情報が一切ない状況で敵軍にそんな力を振るわれたら、対策のない自軍はひとたまりもないだろう。わざわざ自分の力を誇示するのは場合によっては愚策である。聖女の力が神装の力と結びつけられたら、同じ勇者を擁する国は対策を練るべく勇者の力を引き出そうとするはずである。聖女はそれを防ぎたかったのかもしれない。

まだ確証はないが、リーゼロッテはそんな考えにたどり着いた。怪我の功名というか、攫われたからこそ気づくことができた貴重な情報だ。となれば、ガルアーク王国に所属する貴族として、やらねばならぬことがある。

（どんな些細なことでもいい。聖女についてもっとよく知る必要があるわ）

例えば、聖女がこの世界に来てからどんなことが起きたのか、とか。どうして聖女になろうと考えたのか、とか。すると――、

「……リーゼロッテさん？」

アンドレイが声をかけてきた。アンドレイはアンドレイで聖女が勇者であると言うことを聞かされて驚いていたようだが、勇者の持つ意味をどこまで理解しているのか。「エリカ様は勇者様でもあるのか。本当だとしたら、それはすごい」と無条件で肯定的に受け止めたようだ。歓喜を味わって気持ちを落ち着けると、棒立ちしたままのリーゼロッテの反

応が気になったのか顔色を窺ってきた。

「あ、いえ、少々驚きが強かったもので……」

リーゼロッテはぎこちなく笑みを取り繕ってみせる。

「真っ先にお連れした甲斐がありました。理解できましたか？」

実に満足そうにほくそ笑み、問いかけるアンドレイ。

「………何を、ですか？」

「我々がエリカ様について行く理由を、です」

「……これだけの力があるから従っている、と言うだけのようにも受け止めることはできますが、違うのですよね？」

従う対象が権力という力から、より強力で純粋な暴力に変わった。権力さえねじ伏せてしまうだけの力を、エリカは持っている。リーゼロッテはそういう見方も可能であることを遠回しに指摘し尋ねてみた。

「違いますね。あの方には大義がある。誰よりも民のことを思ってくださっている。エリカ様は弱者救済のためにのみ力を振るいます。強大な力があるから聖女なのではありません。聖女だから、強大な力を有しているのです。だから、我々は彼女が進む先に未来があるのだと確信している。彼女の背中を見てついて行く。言うならば、エリカ様は我々にとっての道しるべなのです」

と、アンドレイは信じて微塵も疑っていないような顔で力説する。それはもはや無条件の信頼だ。いや、信頼という言葉も適切ではないのかもしれない。すなわち――、

「……信仰の対象として聖女エリカを神聖視しているように聞こえます。それこそ六賢神を信仰するように」

そう、信仰だ。

と、リーゼロッテは考えていた。

神を疑う信仰者はいない。聖女エリカは宗教上の信仰対象としての地位を見事に築き上げているのだ。聖女という記号を見事に体現している。

「まさしく。そもそも聖女とはそういう存在でしょう？　我が国ではエリカ様のことを六賢神様と民衆を仲介する預言者であると見なしていますが、六賢神様の生まれ変わりなのではないかと信じている民も多い。エリカ様が勇者であるというのなら、そうやって神聖視されるようになったのも当然ということですね。勇者様は六賢神様の使徒なのですから」

アンドレイは実に自信に満ちあふれている。

聖女に対する信仰心が、勇者という記号によって裏付けられたのだろう。エリカが勇者であることを知って、感情が高ぶっているようだ。おそらくはエリカのことをより特別視

するようになったのではないだろうか。

（聖女エリカは勇者だから神聖視されているんじゃないわ。神聖視された存在が勇者であったから、より強く神聖視されるようになる。今後、よりいっそう、彼女は神聖視されるはず……）

その過程を、今まさに垣間見ている。自らが勇者であることを伏せていたことも踏まえ、聖女エリカが計算なくして立ち回っているとは思えない。

壮大な筋書きがあるのではないだろうか？　こうして自分が神聖視されていくことも筋書き通りだとしたら？

（彼女はどこまで計算して演じているというの？）

リーゼロッテは息を呑む。

聖女エリカが何を目的に、いつから、どうして、行動を開始したのか、ますます気になっていく。訊きたいことも色々とあるが――、

「……これは単純な好奇心なのですが、一撃でこうなったと仰いましたよね？　いったい何をどうすれば、このように土台の丘ごと王城が崩れ落ちるのでしょうか？」

まずは訊きやすいことから質問することにした。

「錫杖を地面に叩きつけた。それだけです」

アンドレイは得意げに答える。

「錫杖を地面に叩きつけた、だけ？」

「はい。正確にはエリカ様が錫杖を地面に叩きつけると、地面に衝撃が走った……」

「強い地震が起きた、ということですか？」

滅多に起きるものではないが、シュトラール地方でも地震は起こる。聖女エリカはアリアとの戦いでも錫杖で地面を殴りつけ、大地を爆散させていた。それでエリカが所持する神装には大地を操る力が秘められている可能性があると考えていたが、その確証が得られそうだとリーゼロッテは冷静を装い返答を待つ。

「確かに衝撃で大地は揺れましたが、地震……とは違いますね。なんと表現するのが正確なのか少々難しいですが、地面が炸裂して爆発の波ができた、とでも言えばいいのでしょうか。衝撃波は勢いを増していき、地面がめくれ上がったというか、地面が崩落してから隆起したというか、丘ごと城を呑み込んだ。いや、今思い返しても凄まじい」

と、アンドレイは言葉を選んで説明する。確かに、城を呑み込むほどの規模の事象を引き起こしたとなると、口で説明するのは難しいだろう。

「……本当に、凄まじい光景だったのでしょうね」

その結果が眼前に広がっている。革命軍が押し寄せたということは、城には国王軍以外に非戦闘員も立てこもっていたはずだ。中には交戦する意思がなくて、ただ仕事があるからという理由で王城に残っていた者達もいたことだろう。となれば、あらかじめ人員を退去させていない限り、崩落した瓦礫と土砂の山には死体も交ざっていることになる。リーゼロッテは痛ましい面持ちで破壊の結果を見つめた。

「ええ、それはもう」

アンドレイは聖女の成した偉業を称賛するように、力強く頷く。

「…………ですが、城ごと破壊してしまったのは色々ともったいなかったのではないでしょうか？　建物の再利用もできますし、中には財宝や食料も備蓄されていたでしょう？」

財宝や食料が持ち出されていたのなら、事前に人員も逃げることができていた可能性は高い。リーゼロッテはそう思って尋ねた。

「確かに。私も元は商人の端くれでしたから、賛同する部分は多いです。幸い財宝に関しては回収の目処がついていますが、王城は悪しき王政の象徴ですからね。いうならば負の遺産。残すわけにはいきませんでした」

だから破壊したのだと、アンドレイは少し複雑そうな面持ちで匂わせる。

「悪しき王侯貴族も含め、ですか？」

「……必要な犠牲でした。聖女様のお考えに賛同した王侯貴族もいましたが、王城に残っていたのは最後まで交戦の姿勢を示した者達です」

「そう、ですか……」

リーゼロッテはそれ以上、問いただすことはしなかった。代わりに、破壊の残骸をちらりと横目に見て、黙祷するように目を瞑る。と——、

「我々は相手が王侯貴族だからといって直ちに断罪しようとするわけではありません。王侯貴族だからというだけで偏見を持つ者もいますが、王侯貴族にも民衆を虐げない正しい価値観を持つ者がいることも知っているからです。エリカ様のお考えに賛同してもらえるのであれば、手を差し伸べる用意はあります。貴方はどうでしょうか？」

アンドレイが見定めるような眼差しをリーゼロッテに向けた。

「……私も民衆を不当に虐げるような真似は嫌いです。民衆よりも王侯貴族である自分の方が人としての格が上だというようなことも思ってはいません。ですが、私は貴方達が言うところの搾取する側、王侯貴族として育ってきました。だから、虐げられて育ってきた貴方達とは違う物事の受け止め方をする部分があるかもしれないことは否定できません」

リーゼロッテは自分をよく見せようと取り繕うことはせず、自分の在り方を正直に打ち明ける。

「誠実な、良い答えですね。その気もないのに、助かりたくて形だけの賛同を口にする王

侯貴族達は大勢見てきましたからわかります。やはり、貴方は聞いていた通りの人物のようだ」

アンドレイは実に満足そうに口許をほころばせ、白い歯を覗かせた。

「……光栄です。なら、もっと教えていただけませんか？　この国のことも、聖女エリカのことも。互いの理解が深まってこそ下せる結論もあると思うので」

リーゼロッテはぺこりと会釈して、アンドレイをじっと見つめ返す。

「実に、仰る通りだ。では、他の場所も案内したいので移動しながら話をするとしましょうか。一般市民が暮らす区画などもお見せしましょう。どうぞ、こちらへ」

アンドレイはなかなかに上機嫌な声色で、案内を再開するべく小気味よく歩きだした。

王城跡から市街地への移動中。

「我が国では議会に参加する議員達が立法を行い、一部の政治的な決定も行います。行政機関の長が元首で、国の代表を務めています」

「王政下で国王が有していた立法と行政の権限を分散させている、ということですね」

「まさしく」

「議会の議員と元首の選定はどのように行っているんですか？」

「国民が議員と元首の選挙人を選挙で選定し、選定された各選挙人達が元首と議員に票を入れる間接選挙が採用されています。最初の選挙では初代議会の構成議員として革命軍の主立ったメンバーが、初代元首には聖女様が選ばれました」

アンドレイは神聖エリカ民主共和国の統治体制について説明を行っていた。

「……そういった選挙の仕組みは、誰が考案したのですか？」

「大枠はエリカ様が。ただ、正直まだ煮詰まっていない部分も多く、そういった仕組みを示した基本法を制定中です」

初代元首と初代議員達の選定を行い、体制を維持するため、エリカが考案した草案を暫定的に運用している最中なのだろう。

「なるほど……」

その基本法を読んでみないことにはまだなんとも言えないが、民主主義を実現しようという意欲が強そうなことは感じたリーゼロッテ。

「重要なのは政治への参加資格を民衆にも広く認めること、そして国が民衆の総意で動いているのだ、ということです。王政下でも王侯貴族達の総意で国が動いていたのかもしれませんが、特権階級だけの総意で国を動かせば民衆の搾取へと繋がる」

アンドレイは神聖エリカ民主共和国の基本的な国の在り方を力説する。

「政治に参加できる主体の範囲を拡大することで、主体に含まれるようになった者達を軽んじることはしづらくなりますからね。自分のことだと思って判断するから、一つ一つの判断にも責任を持つようになる。貴族は適用対象としない、という貴族の特権を認める法律が王政下にはたくさんあることも事実です」

と、リーゼロッテは王政への批判にも繋がりかねない意見をあえて口にした。政治に参加できない者達の意見を取り上げる必要はないし、自分に無関係な判断はいい加減になりやすい。

政治に参加する者達にだけ有利な法律を作りやすい土壌が、王政下では確実にあることは否定できない事実だ。そのしわ寄せが平民へ向かうことも……。

「いやはや、素晴らしい。聖女様も我々にそう教えてくださりました。人は平等である。だから、不平等に適用されるような悪法をなくそうと」

アンドレイはリーゼロッテの発言が嬉しかったのか、爛々と目を輝かせて力説する。

「国の上層部が民衆の代表として、民衆の総意で動いているのだという意識を持つことも良いことだとは思います。民衆に対して責任意識を持つことにも繋がるので」

そう語って、神聖エリカ民主共和国の政治的な在り方を肯定するリーゼロッテ。アンドレイの気を良くさせて饒舌（じょうぜつ）になってくれればという思惑（おもわく）もあるが、実際、それが実現できたら確かに理想的ではあると思っていることでもある。だから、嘘をついているわけではなかった。

「ええ、ええ。選ばれる側がそういった意識を持つことがとても大事なんです。民衆のことに責任感を持ってくれない指導者に国のことを任せられるはずがないですから」

議論が楽しいのだろう。

アンドレイはリーゼロッテに対して食い気味に距離を詰（つ）めた。

「え、ええ。そうですね」

リーゼロッテは引き気味に頷く。

「もともと案内するつもりでしたが、こうなると貴方（あなた）に早く議会の様子も見てもらいたくなってきた。今日は午後から通常議会が開催（かいさい）されるんですが、基本法を制定するにあたって日々議会で討論が行われています。我々の意識の高さを知っていただける良い機会になりそうだ。ああ、基本法の素案もぜひご覧ください。貴方の意見を聞いてみたい」

「それは、楽しみです。興味があるので」

リーゼロッテはやや困りがちに、愛想（あいそ）の良い笑みを取り繕う。

（別に思ってもいないことを口にしたわけじゃないんだけど……）

いきなり聖女のことをあれこれ訊くと警戒されると思って、情報収集の一環で話を合わせていることも否定できない。

アンドレイが素直すぎる反応を見せるものだから、リーゼロッテは妙な後ろめたさを覚えた。

（宰相を務めるには若すぎると思ったけど、政治的な判断を下せる最低限の経験を持つ人材が不足しているということかしら？）

アンドレイは素直で人が良い青年なのだろう。しかし、素直な性格をした人物が国の宰相を務めていることには危うさがある。

人を簡単には信用しないどころか、疑ってかかるくらいでちょうどいいのだ。政治家よりも学者などの方が向いていそうだなと、リーゼロッテが思っていると——、

「…………ふん」

会話には一切加わってこないが、護衛として同行しているナターリアと視線が合う。

ナターリアは上機嫌にリーゼロッテと話をしているアンドレイのことを見て、面白くなさそうに鼻を鳴らしていた。容姿の良い貴族の女に鼻の下を伸ばしている、とでも思っているのかもしれない。

「……それはそうと、聖女エリカのことについても教えていただけませんか？」

リーゼロッテはナターリアの視線を感じながらも気づかないフリをして、今最も知りたいことをアンドレイに尋ねた。

「ええ。どういったことを知りたいですか？」

「私は彼女がどうして聖女と呼ばれるようになったのかを一切知らないので、まずはその辺りのことを聞いてみたいなと。アンドレイさんが知り合った時点で、彼女は既に聖女だったのですか？」

エリカが聖女になる過程を知ることで、何か見えてくることもあるかもしれない。

「私が初めて彼女と会った、というより、初めて見かけた時にはまだ聖女と呼ばれていたわけではありませんね。その時点で民衆の救済を考えていたことに違いはありませんでしたが。……どうして聖女になろうと思ったのかという話は私も気になって聞いたことがあります」

目尻を下げて、懐かしそうな顔になるアンドレイ。

「差し支えないのであれば、聞かせていただけませんか？　彼女が聖女になろうと思った理由を」

「わかりました。貴方が知りたがることであれば教えてあげるとよいと、エリカ様からもお許しを頂いていますからね」

と、アンドレイは前置きし――、

「もともと、エリカ様はとある村で婚約者の男性と暮らしていたのだと伺っています」

エリカが聖女になろうとした理由を語りだす。

「婚約者の男性と？」

小首を傾げるリーゼロッテ。というのも――、

（でも、確か……）

――そう。でも、いるなら後悔のないようにね。後悔した先達からのアドバイスよ。

好きな人はいるのかとアマンドの屋敷で訊かれた時に、エリカがリーゼロッテにそう言っていたからだ。後悔したということは、つまり――、

「残念ながら、お亡くなりになったそうです」

無念そうにかぶりを振るアンドレイ。

（婚約者が勇者召喚に巻き込まれていたのね……。けど、何かしらの理由で亡くなってしまった）

そう、つまりはそういうことなのだろう。

「エリカ様はとある事情があって婚約者の方と共に村へ流れ着いたと仰っていました」

シュトラール地方で語り継がれている伝説によれば、神魔戦争期に活躍した勇者の数は六人。勇者達は遥か遠い未来、聖石によって再び召喚されることが語り継がれ、一部の国ではその聖石を厳重に管理してきた。しかし――、

(……勇者召喚を引き起こす聖石が村で保管されていたとは考えにくいけど、もともと聖石の所在地はすべてがわかっていたわけではない。村の付近で、誰にも発見されずに眠っていたんでしょうね。そして、時が来たことで召喚が行われた)

と、リーゼロッテは推測する。

実際、シュトラール地方で国が管理していた聖石は四つだけだ。ガルアーク王国城で保管していた聖石で沙月が、ベルトラム王国城で保管していた聖石で瑠衣が、レストラシオンがベルトラム王国城から持ち出して保管していた聖石で弘明が、セントステラ王国城で保管していた聖石で貴久が、それぞれ召喚された。

残り二つの内一つは人里から離れた場所にある森の泉の中に眠っていて、蓮司が召喚された。そして、最後の一つがリーゼロッテが推察したように、とある田舎の村からほど近い山の中に人知れず眠っていた。

「婚約者の男性がお亡くなりになったこともあるのか、その村でのことはあまり多くを語ってはくださらなかったのですが、その婚約者の方の死こそ、エリカ様が聖女になろうと

決断したきっかけとなったのだとか」

「……どうして、お亡くなりになったんですか？」

「村に権力者がやってきて、村人を守るために殺されてしまったのだとか」

「…………立派な方だったのですね」

「ええ、とても立派な人物だったようです。苦しんでいる人に手を差し伸べ、自分よりも人のために何かをできる人だったと、エリカ様も仰っていました。エリカ様はそんな彼の死を受け、彼の生き方を引き継ごうと考えたのだとか……」

「なるほど……」

王侯貴族の権力が強く、平民の命が軽いこの世界では時に起こるべくして起こる出来事なのかもしれないが、悲しい話だった。が――、

「そんな婚約者の死を目の当たりにし、エリカ様は悲しみ、怒り、ただただ絶望したようです。どうして人が人の上に立つのか、どうして生まれながらに平等なはずの人が後天的に手にした身分によって人を傷つけるのか、そんな世界を作った権力者達を強く恨んだそうです。そして、啓示が下ったのだとか。世界を救いなさい、と」

「……啓示、ですか？」

急に胡散臭さを感じる言葉が出てきた。啓示とはすなわち、人が神から通常では認識し

えない真理などを与えられるという意味を持つ言葉のはずだ。

「我が国ではエリカ様を預言者として見なしていると、先ほど城の残骸跡の前で言ったでしょう？」

アンドレイはふふんと得意げに微笑む。

「いえ、ですが……、まさか？　啓示や預言とは、つまり、聖女エリカは六賢神様からの神意を賜っていると？」

まじまじとアンドレイを見るリーゼロッテ。作り話だろうと思っているのか、「冗談ですよね？」と視線で言外に強く問いかける。

「まあ、驚かれるのも無理はありません。最初はそうやってエリカ様を変人扱いする者も多かったのだとか。滅亡したリヴァノフ王国の王家もエリカ様のことを最後まで異端者扱いしていました」

アンドレイはリーゼロッテの反応を見て苦笑する。

自分は六賢神の預言を賜っている聖女だなどと公言して権力者に歯向かう者がいれば、異端者扱いされるのも当然だ。

権力者は魔女認定して処刑しようとするだろう。実際、そういう流れになったのであろうことは容易に窺える。

「……証拠はあるのですか？　聖女エリカが六賢神様から預言を賜っていることの」

リーゼロッテは珍しく取り乱しているような口調で確かめた。

「エリカ様以外に六賢神様から預言を賜ることなどできないのです。証明のしようがありません」

そう、それは悪魔の証明だ。

「……そう、ではありますが」

証明のしようがないのであれば、信じることなどできないではないか。

「それに、預言者といっても常時、六賢神様と意思の疎通ができるわけではないようですから。預言と云ってもそう万能なものではないのです」

「……では、どうして彼女が預言者だと信じることができるのですか？」

「理由は三つあります。一つはエリカ様が預言したことは、すべて預言通りになっているからですね。例えばリヴァノフ王国を滅ぼし、民衆の、民衆のための、民衆の手による国を作り上げる。聖女様はそう預言して、それを実現させました」

「…………」

それは単純に目標を定めて実現する力があっただけではないのか？　そういった反論が即座に思い浮かんだリーゼロッテだが、実際に反駁するのは堪えた。代わりに、残る二つの理由とやらが語られるのを待つ。

「もう一つはエリカ様のお力そのものですね。エリカ様は預言によって、本来ならば人に扱うことはできない神の力を賜ったのだと仰っていました。そしてその力を使って、行く先々で奇跡を引き起こしてきたのです」

「……例えば、王城を一撃で破壊したようなこととか、ですか？」

「破壊だけではありません。魔法を使わずに重傷者を治癒したり、痩せ細った土地を豊穣の大地にしたり、地形を変えて川の流れを変えたこともあります」

（それはどれも神装によって引き起こした奇跡なんじゃ……。でも、そういえば以前に沙月さんがこの世界に来た当初、神装の扱い方を誰かが教えてくれる夢を見たことがあるとか言っていたわよね？　夢の中で誰かが一方的に語りかけてきたって……。もしかして、それが預言？）

　確証はないが、不意に沙月の話を思い出して関連付けてしまったので、もしかしたらそうなのでは？　という気持ちが沸き上がってきてしまう。

「三つ目の理由はエリカ様のお言葉なら無条件に信じられる。そういった強い信頼を築き上げられたことです。無論、力があるから信頼されたのではありませんよ。その力を弱者救済のためだけに使い続けてきたからこそ獲得した信頼です。人々から聖女と呼ばれるようになる前に、婚約者を亡くされたエリカ様は国内にある人里を巡回されていました。そうして行く先々で奇跡を起こし、権力者達を敵に回そうと虐げられてきた弱者達を無償で救い続けてきたのです。私がエリカ様と出会ったのもその巡回の途中でのことでした」

　信仰対象の言葉を疑う者はいない。

　要するに、聖女として信仰の対象になるほどの立場を築き上げたことこそが、三つ目の理由なのだろう。

　ただ、婚約者が権力者に殺されてしまった辺りまではともかく、それ以降はにわかには信じることができない話ばかりだ。勇者の力があるのなら、自分が預言者なのだと信じ込ませることもやってやれないことはない気がする。

　そうやって疑う自分がいる。ただ、沙月が以前に教えてくれた夢に関する話が妙に気になってもいた。

（……沙月さんが言っていた勇者の力の扱い方を教えてくれるという夢。もしかしたらその夢に登場する誰かが聖女が言うところの預言で、神装のさらなる力の引き出し方も教えた、とか？　でも、そうなると夢の中に登場する誰かって、本当に六賢神ってことになるんじゃ？）

　不確定な憶測にすぎないが、憶測だからこそ、どんどん想像が膨らんでいく。リーゼロッテは神妙（しんみょう）な顔で、すっかり物思いにふけってしまっていた。

今は案内されて移動している最中だが、そんなことを忘れてしまうほどにインパクトの強い情報だらけだ。すると――、

「どうです？　エリカ様が預言者だと、信じていただけますか？」

アンドレイがここぞとばかりに訊いてきた。

「……正直、半信半疑ではあります」

リーゼロッテは言葉通り、正直な印象を答える。

「ふふ。本当に、貴方は誠実な人だ。そして優（すぐ）れた教養を持ち、正しい価値観で、慎重（しんちょう）な物の見方ができる。だからこそ、ぜひとも我が国に力を貸してくださると信じています。さあ、どうぞ。もう市街地に着きます」

ここまでのやりとりで確かな手応えを感じているのか、アンドレイは熱い眼差しを向けながら、リーゼロッテを目と鼻の先の市街地へと誘（いざな）ったのだった。

【間章】　一方、その頃

リオとアリアが聖女の追跡を開始した翌日のことだ。場所はパラディア王国、リオが母の仇であるルシウスとの決着をつけた国で。

プロキシア帝国の使者として、王城にいる第一王子デュランを訪ねる者達がいた。今は亡きルシウスの部下であり、アレイン、ルッチ、ヴェンを始めとする天上の獅子団の団員六人である。

が、デュランが控える応接室に入ったのはアレインのみ。他の五人を部屋の外で待機させると、アレインは一人でデュランとの対談に臨んだ。

「久しぶりだな。その団服を見るのもいつぶりか……」

デュランは応接室の上座でどっしりと腰を下ろしながら、アレインを迎え入れる。しかし、入室してきたアレインの格好を見て目をみはった。というのも、アレインが天上の獅子団の団服を着用していたからだ。

傭兵が引き受けるのは戦争か、国が表に出せないような汚れ仕事であることが多い。戦争に参加する場合は団の手柄を示すために所属がわかりやすいよう団服を着るが、逆に汚れ仕事をする時は所属を示すような団服は着ない。アレインはこの数年間はプロキシア帝国で汚れ仕事ばかりを引き受けていたから、団服に袖を通すのは実に久しぶりのことだった。と、まあ、それはともかく――、

「レイス様の使いで参りましたが、久々に天上の獅子団であることを誇示して仕事をすることになりそうでしてね。で、早速で恐縮ですが、用件を済ませたいのですが」

アレインは早々に話を切り出す。

「心得ている。貴様らの団長の形見の魔剣であろう？　が、レイスと約束した代わりの剣は持ってきたのであろうな？　手ぶらのようだが？」

デュランは脇に立てかけてあった剣二振りの内、一振りを手に取る。が、そのまま差し出すことはせず、柄の切っ先の部分でトンと床を突いた。

「ええ。外にいる五人に持たせて待機させてあります」

「ほう？」

「入室させても？」

「構わん」

デュランは顎でしゃくって、部屋の扉を開けろと出入り口の騎士に指示する。騎士は無

言で頷き、扉を開けた。すると――、

「失礼します」

ルッチとヴェンを含む団員五人が入室してくる。それぞれがアレインと同じように天上の獅子団の制服を着ていて、それぞれが二本ずつ剣を抱えていて、下座に腰を下ろすアレインの背後に並んで立った。

「ずいぶんと多く持ち込んできたではないか。いくつかの魔剣という話だったはずだが」

合計で十本となると、いくつかどころではない。アレインの背後に並ぶ五人を、目をみはって一瞥するデュラン。

「身体強化と特殊な能力を秘めた効果の強い魔剣が三本。身体強化のみが可能な効果の弱い魔剣が七本あります」

「……三本か七本、どちらかを選べということか？」

「いいえ。十本すべて差し上げるとのことです」

「ふはははっ」

デュランは愉快そうに哄笑しだす。

「何かおかしいことでも？」

「たわけ、羽振りが良すぎて胡散臭すぎるわ。どんな裏がある？」

魔剣一つで小国の軍事力を大きく底上げするとされているのだ。小国なら三本も魔剣を保持していれば多いくらいである。

「話を持ち掛けておいて取りに伺うのが遅れたから、その謝罪の意味も込めてとのことです。ここ最近、我々も忙しくなっていましてね」

「……なんともきな臭そうなことだな」

デュランは尖った瞳で向かいにいる面々の顔を見据える。十本の魔剣は何かしらの事態が起きた際にはきちんと働いてくれよというメッセージでもあるのだろう。

「ええ、まあ。ですので、同盟国の一つであるパラディア王国にも力をつけておいてもらおうという腹づもりだそうです」

「であるか」

「効果の弱い魔剣についてはうちの団員が所持している品と同等の品です。まあ、魔剣というよりは魔剣もどきですね」

「魔剣もどき、とな。あたかも魔剣を模して製造された品のように言うではないか。身体強化だけが可能と言っておったが……」

「ええ、まあ。何百本と量産できる品ではないそうですが、ここだけの話、七本は帝国が製造した品です」

余談だが、ルシウスの魔剣を取りに来るのが遅くなったのは、魔剣の数を用意するのに少々時間がかかったという経緯もあったりする。

「……ほう？」

デュランの目がギラリと光った。

身体能力強化魔術ではなく、より上位の身体強化魔術が込められた魔剣は古代魔道具扱いで、シュトラール地方の現代魔術では再現が不可能な品であるというのが定説だ。

身体能力強化魔術しか使えない騎士がただの剣を持ち、身体強化魔術が込められた魔剣を別の騎士が持った状態で両者が戦えば、身体強化魔術が込められた魔剣を持つ側が圧倒的な優位を獲得する。

身体能力強化魔術では生身の肉体の限界を超えられないのに対し、身体強化魔術ならば生身の肉体の限界を超えて運動能力を引き出すことができるからだ。

仮に身体強化魔術が込められた魔剣だけを装備した部隊を小規模でもいいから編制できたら、その部隊は戦場において相当な突破力を有することになるだろう。

「まあ、古代魔道具の魔剣と比べると、込められた身体強化魔術の効果が若干弱いんですけどね。それでも例えば貴方の部下が装備すれば、一人でそこいらの国の騎士数人を相手に圧倒できるはずですよ」

「恐ろしい国だな、帝国は」

「帝国が、というより、レイス様ですね。恐ろしいのは」

「得体の知れぬ男よ」

デュランは薄気味悪いと言わんばかりに、眉間に皺を寄せた。すると——、

「ま、俺らとしては帝国の思惑とかはもう、どうでもいいんですがね。返していただけますか？　うちの団長の形見の品」

アレインと背後に立つ傭兵達は、デュランの手の内にあるルシウスの剣をじろりと見つめた。団長の形見の品によほど執着していることが窺える。

「まあ、断る理由はないな。魔剣は使い手を選ぶというが、こいつはひときわ好き嫌いが激しい。俺を含め、部下達にも扱える奴は一人もいなかった。宝の持ち腐れというやつだな。持っていくといい。交換だ」

同じ宝なら使える物が欲しい。デュランはそう告げるかのように、ルシウスが使っていた魔剣を目の前のテーブルに置いた。

「ルッチ」

アレインが背後に立つ大柄の男、ルッチを見て受け取れと指示する。

「ああ」

ルッチは即座に動き出し、テーブルに置かれたルシウスの剣を手に取った。団員全員の視線も睥睨するようにルッチの手元に移っていく。

「揃いも揃って、なんとも剣呑な殺気を漂わせていることだ」

やれやれと肩をすくめるデュラン。その殺気が自分に向けられたものではないことに気づいているので、特に咎めることはしない。デュランは知っている。目の前に立つ傭兵達の顔つきがこれから戦場に向かう男達の顔であることを。

「話は変わるが、お前達、俺に仕えんか？　待遇は良いぞ？」

性分なのだろう。デュランがアレイン達の勧誘を行うが――、

「せっかくのお誘いですが、やらないといけないことがありましてね」

案の定、断られてしまう。

「……ルシウスの弔い合戦でもする腹づもりか」

「ええ、まあ」

「なんとも、命知らずなことだ。仮にここにある魔剣すべてを部下達に装備させたとしても、俺はあの男と戦うのは御免だがな」

止めはしない。だが、ルシウスと対峙するリオの戦い振りを思い出したからか、デュランは憐れむように向かいの一同を見つめる。

「まあ、今回のターゲットは野郎本人ではないんでね……。正々堂々と、傭兵なりの報復をさせてもらうだけです」

　アレインはその場にはいない誰かを思い浮かべているのか、飢えた獣のような形相で虚空を睨みつけた。

◇　◇　◇

　一方、場所はガルアーク王国城。

　リオとアリアが聖女の追跡を開始してから、五日後のことだ。

「じゃあ、行ってくるね」

「気をつけてね」

　オーフィアが王城の敷地内にあるリオの屋敷の玄関で、美春、セリア、ラティーファ、サラ、アルマ、沙月にシャルロットと別れの挨拶を済ませていた。

　目的は精霊の民の里で待機しているゴウキ達に状況を報告しに行くためだ。もともと里を出発してから三週間以内にはまた里に戻ると言っておいたので、その期限を何日も過ぎてしまうと心配させてしまう恐れがある。

オーフィアはシャルロットが手配した送迎の馬車に乗って王都の門まで移動すると、そこから先は下車して一人で移動を開始する。

（さて、とりあえず王都の近くでどこか良さそうな転移先を探さないと……）

すぐに転移結晶を使用して里へ帰還しないのは、やることがあるからだ。すなわち、今のままだと再びシュトラール地方へ戻ってくるのに二週間ほど飛行して戻ってくる必要が生じてしまう。それだとゴウキ達全員をシュトラール地方に連れてくるのは難しい。

だから、里へ戻った後に今度はゴウキ達一行と里からシュトラール地方へ転移して戻ってくるため、ガルアーク王国の王都近郊に転移先の陣を設置しなければならないのだ。なるべく人目につかなくて、かつ、自然発生している魔力が豊富な土地が好ましい。

そういう場所を探して作業をするとなると、今ガルアーク王国城に残っているメンバーの中では転移魔術への理解が深く、オドとマナへの親和性が高いハイエルフのオーフィアにしかできない仕事である。

（とりあえず、王都周辺をぐるっと回ってみよっと）

オーフィアは「よし」と可愛らしく拳を握って気合いを入れると、まずは人気のない場所まで移動するべく、身体強化を施して走り出したのだった。

【第四章】 聖女の帰還

リーゼロッテが神聖エリカ民主共和国に移送されてから、二週間近くが経った。屋敷の外へ連れ出してもらった日から相も変わらず軟禁状態が続いているが、アンドレイさえ同行していれば外出はできるようにはなった。

のだが、リーゼロッテが外出して様々な場所を見学したのは最初の数日だけだ。以降はリーゼロッテが外出するのではなく、アンドレイがリーゼロッテのもとに熱心に通って入り浸るようになっていた。

いったいどういうことかといえば、首都エリカブルクがさほど大きな都市ではないから見る場所がなくなったというのもあるが、立場が完全に逆転してしまったのだ。

当初の名目としては神聖エリカ民主共和国の良さを知ってもらうためにアンドレイがリーゼロッテに色々と学んでもらうはずだったのだが、途中からはアンドレイがリーゼロッテから学ぶことの方が多くなってしまったということである。

リーゼロッテは伊達に前世の教養を引き継いだわけではないし、伊達にこの世界で王侯貴族として教育を受けたわけではないし、伊達にこの世界で数年に亘って商会の経営者と都市の代官を務めてきたわけでもない。

もともと小さな商店の店主を務めていただけで、宰相の地位にもまだ就いたばかりのアンドレイがリーゼロッテに教えられることなどそう多くはなかったということだ。

革命中に聖女エリカからあれこれ吹き込まれて学んだようだが、為政者に必要な経験も教養もリーゼロッテの方がよりまっとうに積み重ねてきたことが判明するのにそう時間はかからなかった。

アンドレイがあれこれと国の在り方に関する話を持ちかけてきて、リーゼロッテが情報収集も兼ねて話を合わせている内に会話が噛み合わなくなることが出てきた。そこからアンドレイが知的好奇心から質問をする機会が増えたというわけだ。

「なるほど、民衆同士の権利と権利の衝突……ですか。民衆一人一人の権利意識が強まっていくことで、その衝突が強まっていくと……。大変興味深い考察ですね。ですが、これと法整備の問題がどう結びつくんですか？」

今もアンドレイからリーゼロッテにアドバイスを求めている最中である。

「民衆同士が権利を主張し合って衝突する事態があちこちで起こるようになったら、国は混乱しますよね？　トラブルが増えれば治安が悪くなる恐れもあります」

「ええ」

「それは民衆にとっても困るはず。だから、国にそういったトラブルを解決する力を委ねて、行使してもらう必要があります」

「……ですね」

「実際にトラブルが起きた時に動き出すのは現場の人間であったり、裁判を行う者であったりします。これもわかりますよね？」

「はい」

「でも、一番良いのはトラブルが発生しないようにすることです。そのために国としてできることが……」

「我々議会が行う法整備ですか」

「ええ。権利と権利の衝突という視点は、特に民衆が関係するルールを作成する上でとても大事な一つの視点になるんです。具体的には、その視点を持つことでどういう時に民衆の権利が衝突し、どういう事態が起こりうるのか、どういう判断を下すのが正しいのか、そういったことを想定することができるようになります」

トラブルを静観して基本的には当事者の解決に委ねた方がいい事例があるだろうし、トラブルを察知した段階で国が権力を行使して強制的に解決を図(はか)った方がいい事例もあるだろう。そういう事態を国として想定して備えておくのが法律の役割だ。仮に法律で想定していないような事態が発生した場合には速やかに立法することも要求される。

「まさしく、仰る通りだ。なるほど、そういう視点で結びつければ、確かに法整備の問題に繋がりますね、これは」

すとんと理解できたのか、アンドレイは感嘆して息を漏らす。

「同時に、国による各種の法整備を急がねばならない理由にもなります。革命直後で民衆の権利意識が急速に高まっているこの国だからこそ、民衆同士による権利と権利の衝突が今後は加速度的に増えていくと思うんです。それに対応する法整備が整っていなければどうなるかは、既に申し上げている通りです」

「いやはや、耳が痛い。確かに、基本法の制定にだいぶ手こずって、現状の法整備は殺人や強盗や窃盗など、重大な規定しか設けていないのが実情です。基本法は国で最高の法規になりますから、それがなければ下位の法規である法律を下手に制定できない、というのがエリカ様も仰っていたことでして……」

ここでアンドレイが言う基本法とは、現代の地球でも多くの国が定めている憲法に近似した意味を持っていると思えばいい。

民衆の権利に重きを置いている神聖エリカ民主共和国において、基本法は国が民衆のために存在することを示す極めて実質的で重要な意味が込められることになるため、議員達は熱を入れて作成しようとしている最中である。

「確かに、それは正しいです。基本法の議論に重きを置くのは当然のこと。ですが、並行して各種の法整備を行うべきだとは思いました。問題となる規定があるのであれば、基本法が定まった後に改正を行えばいいだけなのですから」

国家がどう権力を行使するべきなのか、民衆のために国家が存在し、民衆の権利や自由を保障してこれを侵害してはならないという理想を抽象的に定めたのが基本法であり、これが国家の中で一番に優先される最高法規であることには違いない。

だが、その基本法を受けて、基本法の理想を具体的に実現する各種の法整備が後回しになった結果、民衆の暮らしが悪くなってしまうのでは本末転倒である。基本法だけを優先して、法整備を後回しにしていいということにはならない。基本法も各種の法も民衆の暮らしを良くするという共通の目的のために存在しているのだから。

「確かに……。大事なのはルールを定めるのが民衆である我々である、ということですからね。民衆に管理されながら国が権力を行使していることさえ担保されるのであれば、基本法よりも先に法整備を行うのも許容はできますか」

「そう思います。法整備が整っていなければ、明確な法的根拠もなしに現場の人間や裁判をする人が動くことになってしまいますから。国家による権力の行使を民衆が管理するという理想を実現する以前の問題になってしまいます。現状では何かしらの活動をする度に議会で決議を下しているようですが……」

　そんなやり方では国として日々発生し続ける様々な問題に対処しきれるはずもない。

「わかりました。議会に進言してみます。とはいえ、王侯貴族の作った各種の法は信頼に足りず、議会で吟味して立法すべきだと声も強いものでして……。速やかに各種の法整備を整えるとなると……、うーむ、何か良い方法はないものでしょうか？」

「……王政下の法典なんてと思われて忌避感があるのかもしれませんが、それでも叩き台になるのが王政下の法だと思います。民衆の経済活動が活発化することを想定して作られた法ではありませんが、学ぶことは多いはずです。王侯貴族の利益が絡まない条文に関しては合理的な規定も多いんです。貴族の特例を認めるような規定を除き、旧王政下での法典は革命後でも参考にはなるはずです」

　どれが貴族に有利な規定で、どれがそうでないのかを理解した上で編纂する作業が必要にはなるが、ゼロから法典を作るよりはよほど楽であろう。

「ふーむ。国が管理していた書物の大半は、破壊された王城の中ですね。貴族の屋敷から回収した書物もありますが、数は少ないです」

「小国で使用される法は大国の法典をほぼ丸写しにしているはずなので、よその国に頼んで法典を写させてもらうという手もありますが……」

「……今の我が国は他国との国交がありませんからね」

アンドレイが渋い顔になる。よその国を頼ると言っても、近隣はプロキシア帝国の属国だらけだ。帝国に睨まれるのを怖がり、協力を要請したところで承諾してくれるとは思えない。

「となれば、法学者の方か、旧王政下の法に詳しい役人や商人などを頼って、法典の写しを持っていないか訊いてみるといいかもしれませんね。それでも見つからない場合は記憶を頼りに作ってもらうしかありませんが……。法学者といっても専門分野以外についてはさほど理解が深くないなんてことは当たり前なので、できれば分野毎に」

法律の条文の一つ一つはどういう事態が起こるのかを想定して定めているのだ。意味を理解せずにゼロから法典を作ることなどできるはずがない。作るのであれば法を熟知している学者か法を運用していた役人の協力は必須だ。次点で手広く商売をしていて適用される法の種類が多そうな豪商などだろう。

しかし、王政下で役人や学者になれるのは王侯貴族だけだった。手広く商売を行えるような豪商もこんな小国にはいるはずがない。

（革命前でも、各分野に精通した法学者が何人もいたとは思えないわ。革命で王侯貴族が粛清された今となっては……）

必要な人材を揃えるのは困難を極めるだろう。おそらく、この国は深刻なまでの人材不足という問題を抱えているはずだ。リーゼロッテはそう思った。

「…………」

アンドレイも人材に関する心当たりはないのだろう。

渋い顔で思案し、押し黙ってしまう。一方で――、

（問題を抱えているのは法整備だけじゃないのよね）

神聖エリカ民主共和国を見て回ったのはほんの数日だが、リーゼロッテなりにわかったことは色々とあった。

民衆である自分達が王侯貴族に勝利したのだという自負。民衆である自分達こそが国の主役なのだという充実感。会ったこともない王侯貴族ではなく、一緒に戦って見知っている同じ民衆の仲間が代表として国を動かしているのだという安心と信頼感。

都市に暮らす民衆には、そういったファクターに裏付けられた活気があった。国の上層部も理想を追い求める熱意で満ちあふれている。だが――、

（この国は何もかもが不足しすぎている）

知識がない。技術がない。経験がない。資源がない。農業以外の産業が存在しない。だから、国としての体裁を整えるのに必要な組織や制度などを十全に構築することもできていない。その弊害が法整備においてこれから顕著に現れようとしている。

そもそも、議会に所属する議員の中に政治に詳しい人間が皆無なのだ。元王侯貴族は一人としていない。例えば農民であったり、大工であったり、靴職人であったり、鍛冶士であったり、商人であったりと、議員は全員が政治に関与していなかった平民だ。

民衆から幅広い人材が集まることには集まっているが、だからといって政治的な判断をしてきたことがない者達だけで議会を構築してしまったのはかなり危ういように思えて仕方がなかった。おそらく国際情勢などもまったく理解していないだろう。

実際、議会による立法が不十分だから、行政が機能不全に陥るという危機も生じようとしている。本来ならば議会が個別立法によって行政の権限を具体的に定めるべきなのに、それを後回しにしてしまっているせいだ。

そのせいで、権限の所在が不明確になっている事柄だらけだ。現状ではリーゼロッテが言ったように何かしらの行いをする度に議会で決議を下しているようだが、そんなやり方では国として様々な問題に対処しきれない。

せっかく立法府である議会を設け、行政権の長である元首を置いて、権力の行使に民主

的なコントロールを及ぼす統治制度を構築したというのに——、

（制度に振り回されちゃっているのよね。議会の様子は見学したけど、議員達は議論することが楽しいのか、議論することに酔っている節があったし……）

そう、制度の運用がなっていない。

特に立法権の行使主体である議会制度は民主主義の根幹だ。国王が牛耳っていた立法権と行政権を分立する仕組みを設けたのは、行政権の行使を議会で民主的にコントロールするためである。

議会が行政機関を民主的にコントロールできなければ、極論、行政機関はかつての王政と同じように権力を振るうことだって可能になる。

（そこら辺の課題が解決されないままだと、この国はそう遠くない未来に空中分解しかねないようにも思えるけど……）

正味のところ、神聖エリカ民主共和国が国として成立しているのは、国が小さく、活動規模も小さくて、国に何の旨みもなくて誰からも狙われていないからだろう。

だから、なんとか国として存続できている。単純に運が良いのだ。仮に現状で他国が攻め込んできたら、神聖エリカ民主共和国は勝利することはできないだろう。というより、どうして革命が成功したのかもわからない。

ただし、これは聖女エリカの存在を度外視した評価である。神聖エリカ民主共和国は聖女エリカの有無によって軍事力が大きく変化する、というのがリーゼロッテの分析だ。この国の王城を破壊した跡地にはそれだけのインパクトがあった。

聖女エリカが民衆の士気に与える影響も絶大である。聖女エリカがいたからこそ革命は起きたし、成功した。

が、良くも悪くも、聖女エリカの存在がこの国に影響を与えすぎている。実際に民衆は革命のために立ち上がったが、それでも革命を成功させたのは聖女エリカ一人の力に他ならないのだ。

神装の力があったから革命は成功し、劇的な速度で建国にまで至った。

(この国が抱えている弊害は、革命に至るまでに必要な過程が省略されすぎていることにも起因しているんじゃないかしら? 成功体験が続いたから民衆の自信に繋がっているんでしょうけど……)

エリカは革命を起こすにあたって各地を旅し、領地を治める貴族達と公衆の面前で説法を行ったのだという。

その上で民衆を搾取する悪しき権力者というイメージを植え付けて誅伐したのだ。各地の民衆は大いに奮起した。これにより、地球上の歴史で十年、百年とかけて裕福な知識人達が共有し、共感していったはずの権利意識を、エリカは鮮明な事実によって強く民衆に植え付けたというわけだ。

（で、民主主義のシステムをとりあえず構築するだけ構築して、当の聖女は国を代表する初代元首に就任した直後に旅に出るってどういうことよ？　王侯貴族と手当たり次第に戦争をしたがっているようにしか思えないし）

　リーゼロッテの拉致を行えば、ガルアーク王国との間で深刻な国際問題が生じることは容易に理解できるはずだ。なのに、そんな問題行動を行っている。

　まさかシュトラール地方中の王国と帝国をすべて敵に回すとも思えないが、どうにも見境がなさすぎるようにも思える。手当たり次第に戦争をしていけば、救うべき弱者の中から大量の死者が発生しかねないこともわかるはずだ。

　はず、なのだが――、

（わからないわ。聖女エリカ……、彼女の願いは本当に弱者の救済なの？　民衆の、民衆のための、民衆の手による国を作り上げるとか、弱者の救済をとか言っていたけど……）

　どうにも聖女エリカが危険な人物に思えて仕方がない。いや、もとより危険人物であることに違いはないのだが、掲げている目的を達成するための手段を致命的に誤っている気がするのだ。

(かと思えば、留守中に私とこの人達を接触させる許可を出して、国の杜撰な様子を私に見せるように仕向けているし……)

ここに至るまで小難しい顔で思案し続けていたリーゼロッテだったが、ふと前に視線を向けると、アンドレイから熱い眼差しを向けられていることに気づいた。

「………えっと、どうかなさいましたか？」

「いえ。エリカ様が貴方を我が国に連れてきた理由が改めて、よくわかったなと思いました。やはり、エリカ様は我が国に何が必要なのかをよく理解なさっている。そう、貴方のような人材が、我が国には必要なのです」

「は、はあ。そうですか……」

リーゼロッテはバツが悪そうに相槌を打つ。

「リーゼロッテさん、貴方が必要です」

突然、アンドレイは求愛するような台詞を口にする。

「その話なら、何度もお断りしている通りです」

リーゼロッテは溜息交じりにかぶりを振った。そう、このやりとりはアンドレイがリーゼロッテの部屋に通うようになってから、もう何度も起きていることだ。

「ですが、貴方が必要なんです！」

アンドレイは引き下がらない。力強く訴えかける。

「困ります」

このままだとしつこいことを知っているので、リーゼロッテはやんわりとした声色ではあるがはっきりと意思を告げた。

アンドレイは思いが暴走しやすいので、やんわりと言って伝わるタイプではないことはしっかり把握済みだ。すると――、

「アンドレイ様、また愛の告白みたいになっていますよ」

護衛として同席している少女、ナターリアがまた始まったよと言わんばかりにニヤニヤと指摘した。

小難しい話はそこまで好きではないのか、つい今しがたまで部屋の隅にある椅子で眠そうにしていたが、話の流れが変わったことに気づいて話に加わったようだ。

「あ、いえ！　そういうわけではないのですが……」

アンドレイはポッと頬を赤らめ、初心な青年らしい反応をする。

「へえ、そうですか」

ナターリアは悪戯っぽく笑うのを止めない。

「な、なんですか、ナターリア。その目は？」

「別に？　そういえば昨日辺りから噂になっているみたいですよ。堅物でエリカ様に心酔していたアンドレイ様が、未婚の若くて可愛い女の子と毎日ずっと一緒にいるって。アンドレイ様にも春が来たのかなあって」

「わ、私は、別に！　純粋に、リーゼロッテさんに我が国に協力してもらいたいと思っているだけです！」

アンドレイは泡を食って反駁するが――、

「おや？　別に私は一緒にいる相手がリーゼロッテだとは、一言も言っていないんですがね？　というより、私も毎日護衛で一緒にいますし？」

ナターリアの方が一枚上手だった。

「ナ、ナターリア……！　す、すみません、リーゼロッテさん」

「あはは、いえ……」

リーゼロッテは愛想の良い笑みを取り繕う。

アンドレイは悪い人物ではない。聖女エリカのことを信じすぎてそこが突き抜けすぎているきらいはあるが、それを除けば根がまあ良心的な性格をしている。実直で素直な好青年だと感じる人が多いことだろう。

今はまだ為政者としての経験が不足しすぎているように感じるところはあるが、学ぼうとする意欲はとても強いし、吸収も早い。

だが、リーゼロッテはあくまでも無理やり攫われて、神聖エリカ民主共和国に連れてこられたのだ。そのことは忘れていない。この国の上層部や民衆が悪人ではないからといって、神聖エリカ民主共和国に協力するつもりは毛頭ない。

リーゼロッテはガルアーク王国の貴族として、神聖エリカ民主共和国に関する情報を収集する責務がある。だから、ある程度は相手に気を許したフリをする必要があるし、有益なことを言って信頼を勝ち取って置くのが好ましくもある。その上で有益なアドバイスも多少は行っているだけだ。人材が圧倒的に不足している以上、多少のアドバイスは焼け石に水に等しくはあるが……。

実際、この何日かでこの二人からの信頼はだいぶ得られたはずだ。例えば、アンドレイの護衛としていつも同席しているナターリアはもともと冒険者だったらしい。日々の会話を聞いてきたことで少しはリーゼロッテに気を許すようになったようで、アンドレイが暴走した際には見かねて制止してくれるようになった。年齢は十九歳で、第一印象はツンケンしていてリーゼロッテのことを貴族の女だと敵視している印象があったが、意外と人懐っこい性格をしていると知った。ただ――、

（深入りしすぎるのが駄目なことは確かね。この人達は敵国になるかもしれない相手。あ

まり感情移入をしても駄目）

心の中で一線を引きながらも相手からの信頼を勝ち取ることなど、リーゼロッテが貴族令嬢として、商人として行動する時には当たり前のようにやっていることだ。実際、相手もそのつもりでリーゼロッテとの距離を詰めようとしてくる。

だというのに、騙しているようで気が引けてしまうのは、今後、神聖エリカ民主共和国に待ち受けているかもしれない未来に波乱を感じるからか……。

今後、神聖エリカ民主共和国で表面化しそうな問題を指摘しても、解決は難しいのではないかと思っているからか。

あるいは、この二人のことを知りすぎてしまったからか。リーゼロッテが貴族として、商人として接するには、この二人は素直すぎるのかもしれない。

違う立場で出会っていれば、ハルトや美春のように親しくなれていたかもしれない。そうやって意識してしまったからだろうか？

（……例えば私と同じ転生者であるハルトさんから見て、この国はどういうふうに映るんだろう？）

不意に、リーゼロッテはそんな疑問を抱く。別にリーゼロッテは自分の見方が絶対に正しいとは思っていない。自分がこの国に抱いた印象が的外れである可能性があることはきちゃんと理解している。

だから、民主主義が根付いた世界で生まれ育った日本人の記憶を持ちながらも、この世界で生まれ育ったリオがどういう見方をするのかは気になってしまった。

（……ハルト様、か）

リーゼロッテはリオの存在を思い出したことで何を思ったのか、寂しそうというか、不安そうというか、なんとも複雑そうな表情を覗かせる。

ともあれ、リーゼロッテがそうやって、少し複雑な気持ちでからかうナターリアとからかわれるアンドレイのやりとりを眺めていると――、

「も、もう、いい加減になさい、ナターリア。リーゼロッテさんは貴族の令嬢なのですから、私などよりも相応しい婚約者がいるはずです」

アンドレイが恥ずかしさを誤魔化すためか、不意にそんなことを言った。ただ、恥ずかしさを誤魔化すためとはいえ、なかなかにデリケートな話題に触れてしまった感はある。

仮に婚約者がいるとリーゼロッテが答えたら、捕らえている側のアンドレイとナターリアからすれば気まずいことこの上ない。

「まあ、そう、かもですね……。いたの？」

ナターリアが恐る恐る訊いてきた。

「いいえ、婚約者はいませんでした」

リーゼロッテは笑みを取り繕ってかぶりを振る。

「ふーん。じゃあ、好きな人は？」

「好きな人も、別に……」

いません、とはすぐには出てこなかった。

一人、真っ先に思い浮かんだ人物がいるからだ。

ただ、好きなのかどうかは確信が持てない。

（あ、この感じはいるな）

と、ナターリアは女目線で直感を抱く。一方で――、

「……こほん。ですが、いや、本当に大変だ。民衆の、民衆のための、民衆の手による国を作り上げるというのは。ねえ、リーゼロッテさん」

アンドレイはそういった男女間の恋愛トークを楽しむにはまだ早いのか、こほんと照れ臭そうに咳払いをして話題を変えてしまう。

「……無理もありません。王侯貴族が権力の使い方を誤ったというのであれば、どうやってその権力を使うのが正しいのか、新たに為政者となったアンドレイさん達がきちんと民衆に示す必要があるでしょうから」

今この場にはいない誰かのことを想像したのか、リーゼロッテは少し寂しそうな笑みを覗かせながら答える。

「本当に、責任重大だ。早くエリカ様にもご帰還いただきたい。予定ではそろそろお戻りになるはずなのですが……」

国を背負う重圧を感じているのか、アンドレイは苦笑する。エリカが国に帰還したのはこの翌日のことだった。

翌日のお昼頃。

神聖エリカ民主共和国へと、初代元首エリカが帰国した。

「ああ、お久しぶりです、エリカ様！　お会いしたかった、お会いしたかったです。ご無事で何より……」

宰相であるアンドレイの職場はエリカと同じ元首官邸である。エリカ帰国の知らせを聞くと、アンドレイは我先にとエリカの執務室にはせ参じた。執務椅子に腰を下ろすエリカの帰還を心から喜ぶ。

「ただいま戻りました。元気そうで何よりです、アンドレイ。私も貴方と再会できてとても嬉しく思います。私が留守の間に何か大きな異変はありましたか？」

エリカは晴れやかな笑みをたたえ、アンドレイとの再会を喜びつつ近況報告を求める。

「そうですね。問題は特にありませんでした。都市部の復興作業は継続中で、民衆の士気は高いままです。議会でも国と民衆との良い未来を作るための議論が活発に行われておりましたよ」

「まあ、それは良かった。流石ですね、アンドレイ」

間髪を容れずにアンドレイを褒め称えるエリカ。

「い、いえ、エリカ様が国を留守にされている間に大事があってはならないと、皆気を引き締めていたからです。私が何かをしたわけではありません」

「気を引き締めていたのは貴方もでしょう。貴方が部屋に入ってきた時にも思ったもの。ああ、とても良い表情をしているわって」

「そ、そうでしょうか？　もったいないお言葉です」

アンドレイはこそばゆそうにはにかんでから、深く頭を下げて恐縮した。

「今さらではありますが、私が国を留守にしたのは宰相である貴方や議会の皆さんに経験を積んでもらいたかったからでもあるのです。もちろん貴方達であれば問題ないと思っていましたが、今の話を聞いてとても嬉しく思いました」

「そこまでお考えだったとは……」

「ふふ」

感極まるアンドレイを見て、エリカはにこりと微笑みかける。

「そ、そうそう。変化があったとすれば、リーゼロッテさんのことでしょうか。彼女は実に素晴らしいですね。流石はエリカ様が見込まれただけのことはある」

アンドレイは気恥ずかしそうに声を上ずらせてから、リーゼロッテについて言及した。

「でしょう？　彼女はとても聡明で優秀な子ですよ。大貴族の娘でありながら、民衆のことをよく思って統治を行おうとしている」

「はい、彼女の見識の深さにはとても驚かされました。私の方が学ぶことが多かったくらいです」

「今の神聖エリカ民主共和国に必要なのは、彼女のような優れた人材です」

「はい。我が国の人材不足についてはリーゼロッテさんとの話で痛感させられました。だからこそ、彼女を我が国に引き入れなければならない。そういうことなのですね？」

「アンドレイ……」

エリカは否定の言葉も肯定の言葉も口にせず、胸を打たれたように情感たっぷりとアンドレイの名を呼ぶ。

「確かな手応えを感じています。彼女は我々の考えにきっと賛同してくださると」

「……私に拘束されてこの国へ強引に連れてこられたことについて、彼女はどう思っていますか？」

「ナターリア達を通じてご指示いただいた通り、最初に首都を案内するにあたって些細なすれ違いが生じていることと、詳細はエリカ様がお戻りになってからお話になるということを伝えておきました。以降、リーゼロッテさんからその話題を出してくることはありませんでしたが……、その、残念ながら、快くは思ってはいないかもしれません」

　そう語るアンドレイの顔が、最後に少しだけ曇る。リーゼロッテの部屋に通い詰めるようになり、その人となりはよく理解するようになった。高位の貴族として生まれ育ったのに、平民出身の自分達と対等に接してくれる人格者だと。

　そんなリーゼロッテが憤っているのだから、もしかしたらリーゼロッテにも正当性があるのではないか？　信仰心とも言える信頼をエリカに寄せているから言いつけを守ってはいたが、アンドレイがリーゼロッテの意見にも耳を傾けるべきではないのかと思い始めたのは無理もないことだった。

「そうですか……。貴方にはとても辛い役目を負わせてしまいましたね、アンドレイ。中し訳ありません」

エリカはアンドレイの表情から機微を見抜いたのか、苦みのある笑みを唇に乗せて謝罪の言葉を紡ぐ。

「い、いえ。宰相である私の役目はエリカ様の補佐ですから。それに、こういった立ち振る舞いも為政者には求められることがあるのだと、理解しております」

アンドレイは恐縮してかぶりを振る。

「貴方は本当に生真面目ですね。ですが、だからこそため込んでしまうのではないかと不安になることもあります」

「もったいないお言葉です」

「…………」

エリカは畏まるアンドレイの顔を慈愛に満ちた眼差しで見て、不意に立ち上がる。かと思えば、そのままアンドレイに近づき、たおやかな手つきでアンドレイの頬を優しく触れた。

「っ……。エ、エリカ様？」

アンドレイはギョッとして硬直する。

「何かあれば、すべて私に話してくださいね」

ふふっと、至近距離から微笑みかけられて――、

「は、はい！　ありがたき幸せ！」

アンドレイは勢いよく首を縦に振る。

「では、私はリーゼロッテさんと対談するとしましょうか。アンドレイ、今から出席可能な議員達を招集してください。そして準備が整い次第、リーゼロッテさんを議会室へ」

「はい、承知しました」

アンドレイは二つ返事で頷くと、しっかりとした足取りで部屋を出て行った。

◇　◇　◇

そして、一時間後。

リーゼロッテはナターリアに案内されて軟禁されている部屋を出て、議会室へと案内された。室内にはエリカやアンドレイの他に、神聖エリカ民主共和国に所属する議員達数十人の姿がある。

エリカがいるとは聞いておらず、てっきり今日は議会の見学かと思っていたのか、リーゼロッテは壇上に立つエリカの姿を見て一瞬だけ瞠目する。そのままナターリアに促され

てエリカが立つ壇上の前に移動すると――、

「どうも、リーゼロッテさん」

エリカは桜葉絵梨花ではなく、聖女としての顔でリーゼロッテに話しかけた。アマンドで襲いかかったことなどなかったかのように、社交的な態度である。

「…………」

リーゼロッテは返事をしない。目に角を立てて、怒っていることを示した。温厚なリーゼロッテだが、流石に怒っているのだ。

それだけのことをこの聖女はしてくれた。

アンドレイとナターリアには敵意を向けても仕方がないと割り切って大人の対応をしたが、エリカが相手であるのなら遠慮する気はない。

「まあまあ、リーゼロッテさん。そんなに眉をひそめて。せっかくの可愛い顔に皺ができてしまいますよ？」

別にリーゼロッテは眉間に皺など寄せるほど表情を変えてはいないが、エリカがすっとぼけるように指摘する。議会室はさほど広い部屋ではないので、普通に喋るだけでも声はよく通った。

「……まだ十五歳ですので、ご心配なく」

「まあ、そうだったかしら？　とても十五歳には見えなかったから……」

　おそらくはリーゼロッテの前世である立夏のことを知った上での皮肉だろう。

「桜葉さんの方こそ、見間違えました。アマンドで最後にお会いした時は獰猛な獣のようなお顔だったので」

　リーゼロッテはエリカのことをあえて桜葉の姓で呼んで意趣返しをする。エリカの背後に立つアンドレイとナターリアはエリカの苗字を知らないらしく、小首を傾げている。

「あら、何のことでしょう？」

　エリカが知らん顔を決め込む。

「物忘れが激しいのでしょうか？」

「本当に記憶にないのですよ。長旅で色々なことがあったから、旅先であったどうでもいい些事については……」

「些事、ですか。なるほど、激務で老いが早まっているのかもしれませんね。どうぞ、お大事に」

　リーゼロッテはさも心配しているかのように、エリカの顔色を窺う。

「まあ、どうもありがとうございます、ふふふ」

　エリカもリーゼロッテも美しい顔でおっとりと微笑しながら、鋭い言葉のナイフを投げ合っている。そんな二人のやりとりを黙って見ているのが、アンドレイやナターリアを含む一同である。

「…………ナターリア、なんだか険悪な空気ではありませんか？」

「険悪な空気じゃなくて険悪なんですよ。頭の良い女は笑顔で皮肉を口にするんで、その勘は大事にした方が良いです」

　エリカの背後に立つアンドレイはただならぬ雰囲気を察したのか、隣にやってきたナターリアに小声で尋ねる。ナターリアは冷や汗を浮かべて答えた。

「それで、今私がこうして神聖エリカ民主共和国に誘拐されている事態について、いったいどういうおつもりなのか、お聞かせいただけるのでしょうか？　ガルアーク王国のリーゼロッテ＝クレティアとして、直ちに身柄を返還していただくことを要求します」

　エリカが帰還してくるまで散々待たされたのだ。スローテンポに腹の探り合いをするつもりは毛頭ないのだろう。リーゼロッテはきっぱりと主張する。

「残念ながら、貴方をガルアーク王国へお帰しすることはできません。貴方には我が国の国家機密を知られてしまったので」

「貴方が勇者であること、ですか？」

「そうです」

エリカはすんなりと首肯（しゅこう）する。

「……その割にはずいぶんとあっさり認めるのですね。この場にいる全員、宰相であるアンドレイさんですら知らなかったようですが」

そう言って、リーゼロッテがアンドレイを見る。

「やはりそうなのですか、エリカ様？」

アンドレイは強い期待を込めて確認（かくにん）した。

「知られてしまった以上は認めるしかありません。その通りですよ、アンドレイ。どうやら私は勇者であるそうです」

エリカが問いに答える。

すると、議会室が大きくどよめいた。

「皆さん、静粛（せいしゅく）に。リーゼロッテさんと話をさせてください」

そう言って、エリカは室内を静める。それを確認し――、

「そこまであっさりと認めるのであれば、無理に私を誘拐する必要もなかったように思うのですが。仮に私がアマンドで貴方が勇者かどうか確認していなかったら、無理に連れてこられていたことはなかったということですか？」

リーゼロッテがエリカに問いかけた。

「たらればの話に意味はありません。重要な機密情報を知られてしまったから、こちらも手土産の一つを確保しておこうと思ったまでのこと」

「貴方が勇者であることが国の機密情報、ですか」

「情報の価値を知る聡明なリーゼロッテさんなら、その理由については色々と察しがついているのでは？」

「然るべきタイミングまで伏せておくことで、色々と有利に立ち回れるのかもしれないということは。ですが、迷惑料代わりにぜひ貴方の口からお聞かせいただきたいですね」

「それは駄目です。答え合わせまではしてあげられません」

エリカはにっこりと笑って回答を拒否するが──、

「貴方が預言者であることも関係しているのでしょうか？　預言というのは勇者が召喚されて間もなく見る夢のことなのだと思っていましたが……」

リーゼロッテは情報を引き出すべく、相手が反応を示しそうなキーワードを出して反応を窺う。

「あら、ずいぶんと詳しいのですね？」

「貴方を含め五人の勇者の方とお会いしたことがあるので。私が知る限りでは、その夢で神装の使い方を教えてくれるとか」

「ええ、その通りです。私も召喚後間もなく、そういった夢を見ました」

「………………」

すんなり頷いたエリカを、リーゼロッテはじっと見る。

「何か？」

エリカは不思議そうに小首を傾げた。

「……預言とはその夢のことなのですか？」

「さあ、どうでしょうか？　貴方が我が国に所属してくださるのなら、教えて差し上げても構わないのですけれど……」

「……そうですか。では、結構です」

リーゼロッテはあっさりと引き下がる。

「残念ですね。ああ、勇者といえばガルアーク王国で女の子の勇者に会いましたよ。なかなか勝ち気そうな性格をしている子でした。もう一人、大人しそうなとても可愛い日本人の女の子もいましたけど、彼女も勇者なのでしょうか？　確か、美春ちゃん」

エリカがふと思い出したように言う。

（美春さんがいた……？　ということは、ハルト様もその場に？）

旅から帰ってきたのかと、リーゼロッテは軽く目を見開く。

　すると、案の定というべきか——、

「けど、その子よりも灰色の髪をした少年の方が強そうでしたので、もしかしてそっちの彼が勇者なのでしょうか？　私と張り合うほどの身体強化を行っていたのですけど」

　エリカがハルトらしき人物と会ったようだと知る。

「さあ。貴方が言うように勇者に関する情報が国家機密になるのであれば、答えるわけにはいきません。個人情報を無闇に言い触らしたくもないので」

「むう、私が勇者であることは強制的に訊きだしたではありませんか」

　エリカは拗ねたように頬を膨らませる。

「……強制的に？　語弊がありますね。お互いに同意して質問に答え合うというルールを設定し、その上で訊きだしはしましたが」

「では、私の留守中にアンドレイから私に関する話を色々と聞いていたようですが、そのことについては？　知人の個人情報を言い触らしたくはないが、他人の個人情報は詮索しようとする、というのはずるくありませんか？　典型的な王侯貴族のやり口のように思えます」

「無闇に、と言いました。話す内容と、話す相手によるでしょう。信用の問題です。それに、神聖エリカ民主共和国のことを教えるようアンドレイさんに指示したのも貴方なのでしょう？　なのに、建国の立役者に関する話をするなというのはおかしな話です」

「本当に弁が立ちますねえ。毅然としていて。だから十五歳には見えないのですけれど、これが優秀な為政者に求められる言動なのでしょうね。皆さんも学ばせてもらいなさい」

エリカはふふっとおかしそうに笑って、室内にいる一同に呼びかける。

「はは……」

アンドレイとナターリアはエリカのすぐ背後で苦笑を滲ませる。リーゼロッテは二人といた時には貴族としての顔は見せていなかった。

それはアンドレイがエリカの代理として政治的なやりとりをする気がないと最初の接触時に伝えたからでもあるのだが、アンドレイは自分がリーゼロッテから為政者としては見なされてはいなかったのかもしれないと密かに思い知っていた。

「それはそうと、灰色の髪の彼。もしかして、あの場にいた彼とはそういう関係なのですか？」

「また突然、話が変わりますね。ここでする話とも思えませんが、そういう関係とは？」

不意に話題を変えられ、リーゼロッテが呆れの表情を見せる。

「恋仲……ではありませんが、気になる相手はいると言っていましたよね？　もしかしたら彼がそのお相手なのかなと。とても素敵で色んな女性から慕われていそうでしたし」

「お答えする理由はありません」

エリカはからかうような目つきで邪推したが、リーゼロッテににべもなく回答を拒否されてしまう。

「もう、なんでもかんでも答えないと言われると、私の方もこの後にされるであろう貴方からの質問にお答えしたくなくなってしまうのですが」

「答えたいことだけ答えていただければ十分ですし、実のある話をしたいのなら中身のある質問をしてください。もとより私も貴方の話すことがすべて真実だとも思っていませんが」

「やはり相当、嫌われているみたいですねえ」

そう言って、エリカはなんとも残念そうな雰囲気を、この場にいる一同にもわかるように醸し出す。そして——、

「わかりました。では、話を本題へ戻すとしましょうか。とはいえ何の話だったか。訊きたいことがあるのであればどうぞお訊きください」

私は貴方の質問に答えますよ——と、エリカは自分からリーゼロッテに歩み寄るようなことを言って、懐の深さを見せつけてくる。

（……本当、自分をよく見せる手管に長けているわね）

相手との違いを見せつけるようなことをして、あたかも相手を下げるような見せ方をする。なんともあざといが、上手い手口だ。

下げられた側としては面白く思わないはずで、ボロが出やすくなるだろう。人を煽動し慣れていることもよく窺える。とはいえ、それくらいでムッとして冷静さを欠くリーゼロッテでもない。

「では、その三人に会ったということは、ガルアーク王国城へ行ったのですか？」

質問に答えるというのなら、平然と質問すればいい。

「ええ、貴方を攫った件でお話をする必要があると思ったので。ガルアーク国王とも話をしました」

「……陛下はなんと？」

「ガルアーク王国は駄目ですね。王政を放棄するよう諭しましたが、権力に固執している悪しき国王でした。こちらの話も一切聞き入れてもらえず、大国の軍事力を背景に脅してくる始末」

エリカは嘆かわしそうに嘆声を漏らす。

「……私が知る陛下の印象とは異なりますね」

嘘を言っているのではないかと、遠回しに暗示するリーゼロッテ。

「ですが、私が見た印象ではそうだったのです」

「…………」

「そうそう、とてもお強い貴方の侍女もいましたよ」

「そうですか、アリアは無事だったのですね」

リーゼロッテはエリカがアリアに向けて攻撃を放ち、盛大に土埃を巻き上げて視界を遮った直後にすぐ攫われたから、どうなったのかは目撃していない。生きていることを知って、その声に安堵の色が宿る。

「私に襲いかからんばかりで、とてもお元気そうでしたよ。国王に対する貴方の印象と私の印象が異なる理由があるとすれば、もしかしたら彼女が何か誤解を招くような供述をしたのではないでしょうか？　なにやらとても強い敵意を私に向けていたので」

「貴方がアマンドでしたことを踏まえれば、アリアが貴方に敵意を向けるのは当然でしょう。ですが、あの子はそれで事実をねじ曲げて報告を行うような人物ではありません」

リーゼロッテはきっぱりと断言した。

「信頼しているのですね。私がこの場にいる皆さんを始め、この国に暮らす民衆の皆さんを信じているように」

エリカはわずかに振り返り、優しい顔つきでその場にいる面々の顔を見た。それで一同は嬉しそうに表情を綻ばせる。

「アリアとの間にはそれだけの積み重ねがありますので」

信頼するに足る根拠がある。

積み重ねがないどころか、人との信頼関係を築く上で積み重ねていくべき物を自ら放棄しているとしか思えないのがエリカだ。そんなエリカがアリアを貶めたところで、到底信じることはできない。リーゼロッテは暗にそう訴えた。すると――、

「そう、大切なのはその積み重ねです。我々の間に欠けているのがまさしくその積み重ねなのでしょう。今も貴方を勧誘したいところですが、積み重ねもなしに信頼してほしい、力を貸してほしいと言うのも無理な話です」

と、エリカはそんなことを言う。

「……当然のことですね」

そう、当たり前すぎることだ。どの口がそれを言うのかとは思ったが、リーゼロッテは皮肉を込めて同意するだけに止めた。

「アンドレイもナターリアもとても良い子だとは思いませんか？　国のことを、そして国を作る民衆のことを心から思っている。私が留守の間にこの二人との間では多少の積み重ねを形成することができたのではないでしょうか？」

「……そうですね。少なくとも、貴方よりは」

リーゼロッテはアンドレイとナターリアをちらりと見つめて頷く。

「でしたらぜひ、この二人がいる前で貴方の考えをお聞かせいただけませんか？」

「……アマンドでした話を改めてしよう、ということですか？　いくら勧誘されたところで答えは変わりませんが。貴方が戻られるまでの間に、アンドレイさんには色々とお話をさせていただいたつもりです」

「仮にそうだとしても、この場にいる皆さんにも示してあげたいのです。大国で大貴族の令嬢として生まれ育った貴方が、王政による支配をどのように理解しているのかを。王侯貴族でありながらまっとうな価値観を持っている貴方ならではの物の見方を。この部屋に来るまでの間にどういった話をしたのかは簡単に報告を受けましたが、我が国の統治制度について色々と素晴らしい助言も賜ったようで、ありがとうございます」

「……そこまで大したことをお伝えしたわけではありません」

「いいえ。例えば権利と権利の衝突について、この国の民衆が将来的に直面するであろう問題として、とても興味深いテーマだと思いました。この国が今後どういった民主主義を芽吹かせ、統治体制を築いていくのかにも大いに影響すると考えています。ですから、今日はこれからその辺りのことを議論したいのです」

と、エリカはディスカッションをするにあたって、議題の方向性を誘導する教育者のようなことを言う。

（この人、大学で講師をしていたとか言っていたものね。こういうディスカッションはお手の物なんでしょうけど……）

リーゼロッテはアマンドでエリカと話した時の会話を思い出しつつ――、

「……構いませんが、その前に一つ確認したいことがあります」

エリカの望み通りにディスカッションをするにあたって、条件をつけた。

「何でしょうか？」

「議論の方向性を誘導するような口ぶりからして、この国が潜在的に抱えている様々な問題について、私には貴方が何も気づいていなかったとは思えないのですが」

気づいていたのではないかと、リーゼロッテは確かめる。にもかかわらず、放置していたのではないか、と。

「ふふふ、流石ですね。確かに、このままいけばこの国がどう変化していき、どういった問題が発生するのか、私は気づいていましたよ」

「そ、そうなのですか⁉　ど、どうして……」

黙っていたのかと、後ろで驚くアンドレイ。室内にいる議員達も小さくどよめいた。

「口で言って対策を講じさせるのは簡単ですが、私が一から十まですべてを教えればいいというわけではありません。私は貴方達に知識ではなく、経験を積んでほしいのです。ただでさえ貴方達は私の言葉であれば無条件に信じてしまう節がありますからね。言われるままにやったことでは血肉として定着しない恐れがあると思ったのです」

エリカは後ろを振り返り、アンドレイに美しく微笑みかけた。続けて、他の議員達の顔も見回す。それで、アンドレイは目から鱗が落ちたようにハッと目を見開く。「貴方様はいったいどこまで見通されているのだ」と。一方で――、

「……だから貴方が国を留守にしている間に私にこの国のことを見させて、問題を見透かさせて、アンドレイさんに伝えさせようとしたと？　部外者である私の言葉であれば無条件には信じないだろうからと」

「ふふ、貴方は本当に洞察力が鋭くて優秀ですね。確かに貴方ならばこの国が抱える問題について気づいてくださるだろうと思っていました。それで実際にそのことをアンドレイ達に教えてくださるかどうかまでは五分五分だと思っていましたが」

「…………」

ほくそ笑むエリカに対し、面白くないというか、不気味に思うのがリーゼロッテだ。エリカがどの時点でどこまで計算して行動しているのか、どうしてそんな真似をするのか、

いまだに見えてこない。

色々と意図を開示してくるが、それすらも何かしらの方向へ誘導しようとしているような気がしてならないのだ。

が、確証がない。上手く隠されている。

「確認が済んだのなら、議論に移るとしましょうか……。かねてより、私はこの国の民衆に人による支配の不当性を訴えてきました。人である統治者の都合の良いように法が作られ、統治者が変わる度に支配の内容が変わってしまう、とても不安定な統治制度だと」

「……だから、法が人を平等に支配している社会を作るのですか？　人は等しく法の下にあるのだと」

「流石ですね。ここでいう法とは、弱者の救済という正義を実現するための、普遍的な法であることはわかるでしょう？　ゆえに、人が作るルールは法ではない。法とは区別して法律と呼ぶ。人は人よりも高次に位置する法を作ることはできないから、人が作る法律では法を犯すことはできない。例えば、王侯貴族の存在を許して人の身分差を認める法律を作るなどもってのほか。噛み砕いて言うのならば、こういうことなのですが……」

これは地球でいうところの法の支配と呼ばれる考え方だ。もともとは英米法を根幹に発展した原理であるから、この世界ではまだ芽吹いていないどころか、文化的な土壌が異なるこの世界では芽吹くかどうかもわからなかったはずの思想である。余談だが似た名称の異なる原理として、大陸法系で発展した法治主義という言葉もある。

現代の地球、例えば日本の憲法でも採用されているこの法の支配という思想をこの世界に浸透させた場合、現存する王侯貴族達の特権は直ちに否定されることになる。王侯貴族の身分自体が撤廃されるか、身分を残すにしても何の特権も持たない形骸的な存在へと転落することになってしまう。

しかし、無理に浸透させようとした場合、既得権益を手放したくない力を持った王侯貴族達が強く反発するのは必至。

「とても素晴らしい考え方だとは思いませんか？」

エリカは実に晴れやかな顔で、向かいに座るリーゼロッテに問いかけた。王侯貴族であるリーゼロッテにとっては踏み絵になる質問であることを理解した上で……。

「……アマンドでも似たようなことをお伝えしたと思いますが、王侯貴族が王侯貴族だからという理由だけでその身分にない者を虐げる行いは不当ですし、人に人を差別する権利はない。一個人として、私はそう思っています」

リーゼロッテは毅然と受け応えた。

「貴方は本当に立派なお考えをお持ちですね。誰もが貴方のような王侯貴族であれば、世界は恒久的に優しいままでいられるのでしょう。ですが、人は誰しもが貴方のように賢くはないのです。人は愚かな生き物なのです。人を差別したがる人がいる。人を見下すことで安心感や優越感を覚える人がいる。そういった人が存在する以上、人が人を支配することでは弱者のいない世界など作ることができない。この場にいる皆さんは身をもってそのことを経験してきました」

というエリカの発言を受けて、議員達は「そうだ」と力強く同意する。

室内の空気はいつの間にか、民衆を代表するエリカが、王侯貴族を代表するリーゼロッテを糾弾する構図になっていた。

そもそも、これは議論ではない。

裁判だ。室内にいる者達はリーゼロッテを除いた全員が王侯貴族に苦しい生活を強いられてきた者達であり、エリカの思想に賛同している。

この部屋に入ってエリカの顔を見た時点で薄々とこうなる予感はしていたリーゼロッテだが、議論を放棄すればその時点で悪役認定されていたことも予感できていた。勝ち目がほぼ皆無なことを理解していても、議論を通して自らの正当性を訴える以外に選択肢はなかった。

「皆さんが聖女エリカ、貴方の考えを素晴らしいものだと捉え、強く賛同する理由は私なりに理解しているつもりです」

　そう語り、リーゼロッテは室内にいる者達を見回す。

「リーゼロッテさん自身はどうなのでしょう？　素晴らしい考え方だとは思ってくださらないのですか？」

「一個人として、大いに共感できるところはあると思っています」

「なんとも王侯貴族然とした受け答え方ですねえ。やはり素晴らしい、とは認めてくださらないのでしょうか。何か含むところがあるようにも聞こえますが……」

「回答を『はい』か『いいえ』に絞るような誘導尋問では、私の考えを伝えることはできないと考えただけです」

「結果、私はリーゼロッテさんの回答から何か含むところがあると感じたのですが、何がいけないのでしょうか？　弱者の救済という正義を実現する世界の真理ともいえる高次の法によって、人は恒久的に正しい方向へ導かれるという考えは間違いですか？」

「……間違いではありません。ですが、そういう思想を急速に推し進めていくことで、混沌が生じる恐れはあると思っています」

「まあ、それはどうして？」

「既得権益を維持したい貴族達をすべて敵に回すことになるからです。結果、戦争が起こります」

「間違っているのは王侯貴族なのですよ？　弱者である民衆が虐げられているという不当な状態を王侯貴族が自主的に解消してくれないのなら、民衆が革命を起こしてあるべき姿へ是正しなければならないと思うのですが……」

「国で暮らしているのは権力者だけではない。大多数の民衆です。民衆がいるから、国は栄える。だから、民意が是正を望むのなら革命が起きるのは必然的だし、正当性を有するものなのかもしれないと理解はしています。ですが、王侯貴族による支配体制が盤石な時局に無理に革命を起こせば、返り討ちに遭うかもしれないと言っているのです」

「他の貴族達との対立がそんなに怖いですか？」

「……怖いです。例えば私がアマンドに暮らす民衆を率いて国に対して革命を起こそうとしたら、国中の王侯貴族が私を潰そうと軍を差し向けてくるでしょう。そうなった時に潰されるのは私だけで済みますか？　領地に暮らす民衆も一緒に潰されることになるのではありませんか？　そうなった時に民衆はどう思うでしょう？　何の勝算もなしに煽るだけ煽って負ける私を無責任だと非難しませんか？」

　怖いのかと煽られて、リーゼロッテは躊躇うことなく怖いと言いきる。

「だから、王侯貴族による支配体制が疲弊するまで時代の流れを待てと？　今まさに苦しんでいる民衆のことは見て見ぬ振りをしろと？」

「……見て見ぬ振りはしたくありません。ですが、だからといって、旗だけ立派な泥船に民を乗せるような真似もできません」

苦々しく顔を曇らせるリーゼロッテ。そもそも、エリカがリーゼロッテに回答を要求している問題は、本来ならば人が一個人で解決できるような問題ではないのだ。無理に解決しようとすれば周囲を巻き込んで破滅へと至りかねない難問である。

「問題の解決を放棄する、というわけですか。でしたら、貴方は貴族の位を捨てるべきです。それができないのであれば、貴方は今を生きる自分が王侯貴族としての良い暮らしを続けたいから、我が身可愛さで貴族の位に固執しているのだと見なされることでしょう。民意に迎合するようなことを言っておけば、民衆から恨まれることもないのだと」

エリカがリーゼロッテを指さして糾弾する。相手のことを一方的に決めつける、ひどいレッテル貼りだった。

しかし、この場にいる議員達の考えは被害者である民衆の立場に立つエリカ寄りな者が大半らしい。加害者の側に立つリーゼロッテを非難するように多くの者が「そうだ、そうだ。貴族の位を捨ててみろ」と言わんばかりに小刻みに頷いている。

民衆のことを本当に思っているのなら、良い暮らしができる貴族の位を捨てることができるはずだと思っている。

果たして――、

「……私はガルアーク王国の貴族です。代官として、アマンドに暮らす民に対して責任を持たなければならない立場にある。その立場を放棄した場合、アマンドに暮らす民の暮らしは不安定な状態に置かれますが、それは無責任な行いではありませんか？」

リーゼロッテは貴族の位を捨てるとは言わなかった。思わず表情を強張らせそうになりながらも、毅然と自分の意見を主張する。

瞬間、傍聴している議員達から落胆と憤りの息が漏れる。「言い訳をするな！」という声も上がり、「そうだ！」と賛同の声がたくさん上がる。彼らはリーゼロッテがアマンドでどれだけ民衆から慕われているのかを知らないのだ。一方で――、

「アマンドが素晴らしい都市であることは知っています。確かに、貴方という代官がいなくなれば、そこに暮らす民衆の暮らしは悪くなるかもしれませんね」

存外、エリカはアマンドにおけるリーゼロッテの治世をあっさりと評価した。

「……であるのなら、私をガルアーク王国に、アマンドに帰してください。現状では代官としての役目を果たせません。貴方が私をこの国へ誘拐してきたことで、アマンドに暮らす民衆の生活が現在進行形で不安定に置かれています。違いますか？」

「確かに、一面的にはそういう捉え方もできるのでしょう。ですが、こういう捉え方もすることができませんか？　今までアマンドで善政が敷かれていたのはリーゼロッテ＝クレティアが善良な貴族だったからだ。次に来る代官が横暴な貴族だったら、アマンドはどうなってしまうのだろう？　そう感じている民衆はきっとたくさんいるはずです」

「…………だからこそ、早く帰してくださいと言っているのです」

「思うに、リーゼロッテ＝クレティアという貴族の少女がいなくてもアマンドという都市に暮らす民衆の暮らしが不安定にならないよう、貴方は対策を講じるべきだったのではないでしょうか？　貴方の後に誰がアマンドを収めようと、民衆の暮らしが不安定にならないようにしておくべきだった」

「……つまり、何が言いたいのですか？」

リーゼロッテはその回答に対して察しがついているらしい。だから、辟易とした面持ちで尋ねる。

「つまり、貴方はアマンドに暮らす民に対して責任を持たなければならない立場にあると言いながらも、その責任を果たしていなかった、ということです。今はともかく、将来の世代のことは考えていない。都市の未来のことなど何も考えていないも同然です。皆さんはそんな統治者の下で暮らしたいと思いますか？」

エリカは傍聴している議員達に水を向ける。すると「嫌です！」「民衆の未来のことをもっと考えてくれる指導者じゃないと！」「そうだ、そうだ！」といった声が続々と上がり始めた。

（……堂々巡りね。この聖女が言っていることは民衆の暮らしが不安定にならないよう、民主的制度を都市に導入しろと言っているに等しい。そういう制度を構築していく過程で国中の王侯貴族と対立することは目に見えているのに、それを理解した上であえてそう言っている。そのことを説明したところで、耳を傾ける人はこの場にいない）

アマンドでリーゼロッテが定めることができるルールは、より高位の立法者である国が定めた国法とその下にいる領主が定めた領令の下に位置している。ゆえに、国法と領令に逆らうようなルールを代官が定めることに意味などない。

加えて、代官が代わればその代官は前の代官が定めたルールを撤回して、新たにルールを設けることができるという仕組みになっている。

仮に代官が後退した後にも適用され続けるような制度を構築しようとするのなら、領主や国王に特別の許可をもらう必要があるが、その許可ですらも領主や国王が代われば撤回されてしまう恐れがある。となれば、究極的には革命を起こして法の支配を実現させる社会を作るしかないという流れになるわけだ。

（……聖女エリカが定めていた議論はおそらくここまで、でしょうね）

終着点をずらすことができなかった以上、リーゼロッテの負けだ。勝ち目がほぼ皆無なことは理解していたが、それが現実となった。

となれば、いつまでも繰り返されるであろうこの議題に付き合う意味はない。後は自ら次のステージへ進むだけだ。

「それで、当初の議題とは大いに内容がズレている気がしますが、これでよろしいのですか？　権利と権利の衝突に関連して、この国が今後どういった民主主義を芽吹かせ、統治体制を築いていくのかといった議題だったと記憶していますが、これではアマンドでした話とそう大差がないように思います」

リーゼロッテが肩をすくめてエリカに問いかける。「論点をずらすな」とか「議論から逃げるな」とか「潔く負けを認めろ」といった声が上がるが、リーゼロッテは特に表情を変えることはない。

「議題については十分すぎるほどに討論できたと思っていますよ。今日、私と貴方は言論の自由という権利をぶつけあった。これぞまさしく権利と権利の衝突の実践です」

「詭弁にも聞こえますが……」

「いいえ、アマンドで話をした時との最大の違いは、この場にはこの国の未来を決める議員達が集まっているということです。そして、今ここで私が貴方とした議論は、私と貴方だったからこそ成立した高度な討論だと私は思っています。当事者の一方がこの場にいる他の誰かと代わっていたら、ここまで話が白熱することはなかったでしょう。ここにいる者達に今の話を聞かせることができた時点で、大いに意義はありました。今の話を聞いて彼らが何を思ったのか、今後彼らが築いていく国の未来で確実に反映されるはずです。私はそう確信しています」

　エリカは室内の面々を見回しながら嘲笑を刻む。

「では、私がこの場に呼び出された目的についても達成されたと考えていいですか？」

「いいえ。最後に一つだけ……。リーゼロッテさん、私に力を貸してくださいませんか？一緒に弱者の救済を行いましょう。私と貴方が協力すれば、アマンドにより恒久的に安定した治世を敷くこともできるはずですよ」

「……だいぶ危険な発言に聞こえるのですが、国を裏切れと言うことですか？」

　リーゼロッテが顔をしかめる。今のエリカの発言は、ガルアーク王国での革命を計画しているので、協力してほしいと言ったに等しい。

「どう捉えるかは貴方次第です。ですが、勇者である私になら、それができます。なしえます。だからこそ提案しているのです」

「……勇者は貴方以外にも五人いますよ？　全員がどこかしらの国に所属していることは確認済みです。その勇者五人が貴方の敵に回りかねないわけですが」

「勝算はあります。国でぬくぬくと育ってきたような勇者では決して私に勝つことはできないでしょうから。聖女であり、勇者でもある私が先頭に立つ以上、民衆である皆さんの敗北はありません」

「ずいぶんな自信ですね……」

「ええ。ですから、改めて協力を要請します。リーゼロッテさんも十分にわかっているはずでしょう？　人は本当に愚かな生き物なのだと。だから、よりよい未来を作るために貴方のような賢い人の協力が必要なのです。一緒に実現しましょう」

エリカは実に優しく微笑みながら、リーゼロッテに向けて手を差し伸べる。

「……私は別に自分のことを賢いだなんて思っていません。賢いか、賢くないか。それで人の価値は変わらない。貴方が理想とする高次の法とやらでもそう定められているのではありませんか？　だからこそ、人は生まれながらに平等なのだと思いますが」

リーゼロッテはエリカに手を差し出し返すことはしなかった。

「まったく、その通りです」

「であるのなら、これ以上の強要は止めてください。無理に押しつけようとするのであれば、それは貴方達が嫌悪する人の支配で、王侯貴族達が行ってきた悪しき権力の行使と根っこでは変わりのないものになってしまうのではありませんか？」

好きか、嫌いか。その上で意見を伝えるのは自由だ。思想を表現するのも自由だ。しかし、押しつけてしまうのは駄目だ。人には押しつけられたくない自由だってある。

権利と権利が衝突した時に互いの在り方を尊重できなければ、押しつけが発生する。押しつけようとする行いは強制だ。強制は行きすぎれば支配へと至る。

もちろん好きか嫌いかで議論が発生して意見や思想を述べ合うのはまさしく民主主義の本質で大いに結構だ。

が、相手の意見や思想が嫌いだから、手段を選ばずねじ曲げてやろう、自分が好きなように変えてやろう、支配してやろう、とすれば、人が人を支配することに等しい。それでは人による支配で民衆が忌み嫌った権力の行使と本質的に同じ行いをしていることになるのではないだろうか？

リーゼロッテはエリカを見据え、そう訴えかける。と――、

「な、なんだと⁉」

「正しいことを主張して、どうして私達が王侯貴族達と同じになるんだ！」

「私達は総意で動いているんだぞ！　民衆の総意こそが正当な権力なんだ！」

「とんでもない侮辱だ！」

「撤回しろ！」

「義務も果たさず既得権益ばかり主張する悪しき王侯貴族の女め！」

「結局は自分が大事なんだ！　だから貴族の地位を捨てようとしない！」

「生まれながらに恵まれて育った女に、私達のことを理解できるはずもなかったんだ！」

「守るべき民衆から対価である税ばかり受け取っておいて、この女は罪人だ！」

「お高くとまりやがって！　反省しろ！」

「この女は魔女だ！」

「断罪だ！　私達が断罪しなければ！」

などと、議員達は血相を変えて、口々にリーゼロッテを罵倒し始める。リーゼロッテが悪なのだと、その罪悪感を煽ろうとする。リーゼロッテをわからせようとする。自分達が非難されたと感じたのか、過剰なまでに火がついてしまった。

「………………」

リーゼロッテは悲しそうに唇を噛んだが、何も反論はしない。すると――、

「皆さん、静粛に、静粛に」

エリカがパン、パンと手を叩く。エリカの呼びかけとあっては、民衆達も口を噤まざる

をえない。室内はしんと静まり返っていく。

「ここは議論の場なのです。リーゼロッテさんにもちゃんと反論の機会を与えるべきでしょう。とはいえ、互いの溝はもう埋まらないほど深刻なようにも思えますが……。最後にまだ何か主張はありますか、リーゼロッテさん?」

「……今日この場で、私は自分が思っていることを主張できたと思っています。その上で私をどう評価するのか、それは皆さんの自由です」

リーゼロッテは毅然と受け答えた。

「そうですか……。では、本日の臨時議会は、これでお開きとしましょう。どうぞ、皆さん退室してください」

エリカは議員達に退室を促す。

拳を握ってリーゼロッテを睨みつけ続けていた議員達だったが、数秒経って一人が歩きだすと、他の者達もぞろぞろと退室し始める。

「アンドレイとナターリアは皆さんが退室したら、一緒にリーゼロッテさんをお部屋まで連れていきましょう」

エリカは背後に立つ二人に指示する。

「はい……………」

アンドレイは頷き、リーゼロッテを見つめて何か言いかけたが、ギュッと唇を結んでその場に立ち尽くす。

すると、エリカがリーゼロッテに歩み寄り――、

「とても良い演説だったわよ、立夏ちゃん。もしも貴方が私の生徒だったら文句なしに最高評価を与えるほどに。安心して頂戴。時が来れば国には無事に帰してあげるから」

聖女エリカではなく、桜葉絵梨花としてリーゼロッテの耳許に囁きかける。そうやってエリカが桜葉絵梨花の顔を覗かせたからだろうか――、

「………最後に一つ聞かせてください。貴方は最愛の婚約者の死を受け、その彼の生き方を継ごうと決めて行動を開始したと聞きました。その彼の意思を、今の貴方は本当に引き継いでいるのですか？　貴方の行動は民衆のためのものだと言えるのですか？」

リーゼロッテは思いきったように口を開き、亡くなったエリカの婚約者の話題を持ち出した。瞬間――、

「……愚問ね。彼の言葉を聞くことは、もう二度と叶わないのだから……。一つ言えるのは、私が彼の死を受けて行動していることは確かということです」

エリカはとても悲しそうで、複雑そうな面持ちになる。だが、それもわずかな間だけのことで、最後は聖女の仮面を貼り付けて質問に答えた。

「そう、ですか……」

　リーゼロッテは弱々しく俯く。一方で、ちょうど議員達が全員、部屋から出て行き終えていて――、

「では、リーゼロッテさんを部屋へ連れていくとしましょうか」

エリカはリーゼロッテが返事をする前に、アンドレイとナターリアに指示を出す。こうして、リーゼロッテは部屋へと戻ることになった。

【第五章】 ❖ 奪還

リーゼロッテが議会へ招集される小一時間ほど前のことだ。

時刻は昼過ぎ。聖女エリカが帰国したことに伴い、リオ、アリア、アイシアも神聖エリカ民主共和国にたどり着いていた。

場所は首都エリカブルクの南側上空。リオがアリアを抱きかかえながら、首都の街並みを俯瞰している。

ちなみに、リオもアリアも戦闘服の上に外套を着用している。リオが愛用しているブラックワイバーン製のコートは精霊の民の里で修理済みだが、敵陣でそのまま着て歩くと少し目立ちすぎるきらいがあるので今は着ていない。

（アイシアはそのまま聖女を追ってリーゼロッテさんの所在地を確かめてくれるかな。リーゼロッテさんを見つけたら連絡を。監禁状態を確認して、不可視の精霊術で透明になって逃げられそうならそのまま逃げる作戦がプランA。それが難しそうな場合は監禁の状態に応じてプランBを考えよう）

移動の間に敵地到着後の段取りはアリアと大まかに話し合っていたので、リオはアイシアとの交信が可能な距離まで近づいてから、事前に決めていた内容を手短にまとめて指示する。

（わかった。こっちは聖女が都市の奥で降下している。どこかの建物に入るんだと思う。また連絡する）

（ありがとう。俺とアリアさんはその間に都市の地理を確認しておく）

リオも肉眼で聖女が乗ったグリフォンが貴族街の区画に着陸して建物へ近づいていくのは確認した。それでリオとアイシアは交信を終了する。

「おそらくこれから聖女が官邸か庁舎らしき建物に入っていくはずです。中にリーゼロッテさんがいないか、これからアイシアに探ってもらいます」

と、リオは抱きかかえているアリアに言う。

「はい。上空から見た感じ、都市全体で復旧工事が行われているみたいですね。革命の爪痕でしょうか。貴族街と思しき区画より先の建物が目立って荒れていますが、最奥部にある瓦礫の山は特にひどい……」

職人や作業員が作業している姿が見えるが、破壊の爪痕が残る都市の街並みはなかなかに痛ましかった。

「位置的に王城があった場所、ですかね」

「かもしれません。いったい何が起きてああなったのか……」

アリアは破壊された王城の跡地をまじまじと見下ろしている。瓦礫の山が積み上がるように壊すのは並大抵のことではない。

「単純に革命軍が押し寄せたところで瓦礫の山と化すまで城を壊せるとも思えません。可能性があるとすれば聖女の神装か、何かしらの強力な古代魔道具を使って強力な攻撃を放ってああなるまで破壊したのだと思いますが……」

相当な規模の事象を引き起こして攻撃しても容易ではないように思える。

「あとは首都近郊、南側の土地がなかなかに荒れていますね。革命軍が南から進軍してきて、王国軍とやりあったのでしょうか」

単純に押し寄せた軍勢に踏み荒らされたのではなく、地形が抉れていたり、隆起している場所も確認できた。

「……地形が荒れている位置が偏っているので、革命軍が一方的に勝利したのかもしれませんね」

実際、革命時には南からエリカ率いる一万人に及ぶ革命軍が押し寄せた。王国は二千人からなる軍勢で待ち構えていた。

が、革命軍と王国軍が白兵戦を繰り広げることはなかった。王国軍二千人は先頭を進むエリカ一人の攻撃によって一分とかからず殲滅されたのだ。そのまま都市になだれ込んだ民衆は勢いを増し、貴族街へと突撃していった。

「異常な打たれ強さといい、どうにも聖女は得体の知れない強さを秘めているように思います。万が一、交戦するようなことがあれば十分にお気をつけください」

アマンドで敗北を喫したアリアが苦々しい面持ちで言う。

「ええ、気をつけます……」

リオは頷き、眼下に広がる首都を厳しい目つきで見据える。今に至るまで完全に後手に回っていたが——、

「では、都市に入って内部の地理を確認しましょうか。今度はこちらが仕掛ける番です」

リオはアリアを抱えながら、人気のない都市の外へと降下を開始した。

一方で、数キロの距離を置いて、後方からリオを追いかける者がいた。レイスだ。ちょうどリオ達が地上から首都に足を踏み入れようとしている姿を捉えつつ——、

「…………」

レイスは眼下に広がる首都エリカブルクとその近郊を、先ほどのリオ達と同じようによく観察する。見事なまでに崩壊した王城の跡地を眺めながら――、

(やはり聖女はなかなか勇者の力を使いこなしているようだ。あとはアレの出現さえ確認できれば、聖女が勇者として覚醒していることが確定する。覚醒していないことを祈りたいところですが……)

覚醒している事態を想定したのか、レイスは億劫そうに溜息をつく。

(とりあえずは聖女と黒の騎士をぶつけさせて覚醒の有無を確認するとしましょうか。まあ、聖女が覚醒しているとしたらいかに黒の騎士でも勝ち目はないのでしょうが、彼なら逃げ延びるくらいは問題なくできるはず)

リオが逃げ延びる状況も見越して、既に必要な手も回してある。問題があるとすれば確実にリオと聖女に潰し合ってもらうべく、これからどう立ち回るべきかだ。聖女が勇者として覚醒を迎えているのかどうかは、可能な限り確認しておきたい。

(人型精霊の彼女が救出役として潜入し、黒の騎士と侍女長がもしもの時の陽動役、といったところですかね)

高位の精霊術士なら大気の屈折率を変えて不可視になることもできるが、そこに術士が

実在していることに変わりはない。

霊体化していさえすれば人目に触れないアイシアに潜入を任せるのが最も確実であることは自明である。目的がリーゼロッテの救出であろうことが明確に絞れている分、行動も予想しやすい。

（彼らほどの使い手なら人目に触れずリーゼロッテ＝クレティアを連れ出してしまいそうですが、この機会に確実に、やりあってもらいますよ）

レイスは薄ら笑いを覗かせると、地上への降下を開始して都市へと接近していった。

◇　◇　◇

（春人。リーゼロッテを見つけた）

リーゼロッテ発見の連絡がアイシアから届いたのは、リオとアリアが首都エリカブルクへ潜入してから間もないことだった。

現在地は市街区、一般市民の人通りが多いメインストリートである。商業的に栄えているというわけではないのだが、通りを歩く者達の表情は明るく、活気に溢れている。救出作戦を立てる前に地理情報などを確認している最中だったが――、

「アリアさん、少し路地裏へ。アイシアから連絡です」

リオはそう言って率先して通りを外れ、アリアを人気がない路地裏へ呼び寄せる。

（ありがとう。リーゼロッテさんの状態は？）

（無事で元気そう。これから議会が開催されて、そこに呼び出されるみたい。今は見張り達と一緒にいる）

（……なら、周りに人がいないタイミングを見計らって接触してみよう。とりあえずはそのまま様子を見守っていて）

（わかった）

（俺とアリアさんは市街地にいる。こっちの地理を把握して、そっちの屋敷に近づけそうなら近づいて潜伏先を探すよ。何か異変があったらアイシアの判断で行動していい。その時はすぐに教えて）

（うん）

などと、リオはアイシアに必要な指示を伝えた。

それで再び交信を終了する。と――、

「リーゼロッテさんが見つかったそうです。まだ接触したわけではありませんが、無事で元気そうだとか」

リオがアリアに情報を伝えた。

「……ありがとうございます」

アリアは感極まったように、深く頭を下げて礼を言う。

「まだ助けるのはこれからです。こちらもできることをやっておきましょう。行きましょうか」

リオは落ち着きのある声で呼びかけ、アリアに移動を促す。リーゼロッテを確保した後の逃走ルートとしては飛んで逃げるのが最速だが、不可視の精霊術は使用中に派手な動きをすると偽装が解けてしまうデメリットがある。よって、人知れずにリーゼロッテを外に連れ出そうとするとどうしても歩いて移動する必要がある。

救出する際には人目につかないところまでは歩いて移動し、そこから空を飛んで逃げることになるだろう。そのためには都市内部の地理情報をある程度は正確に把握しておく必要がある。元貴族街に立ち入る必要もあるだろう。

「はい」

二人は再び都市の探索を開始した。

それから、せいぜい一時間半といったところか。議論という名の裁判が行われ、リーゼロッテが糾弾された後のことだ。

「……どうぞ」

アンドレイがリーゼロッテを軟禁する部屋の扉を開けて、リーゼロッテに入室を促す。

「はい」

と、リーゼロッテは頷いて部屋の扉を素直にくぐる。この部屋に戻るまで、エリカ、アンドレイ、ナターリアとの間で会話らしい会話はなかった。

リーゼロッテの表情や声色からは何を思っているのかは窺えない。一方で、アンドレイは先ほどの議会でのやりとりを踏まえて何か思うところがあるのか、移動している間はずっと小難しい顔でリーゼロッテの様子を窺っていた。そのせいでなんとも重苦しい空気が漂っている。

「今日は私との議論にお付き合いくださり、ありがとうございました。このまましばらく休むといいでしょう」

エリカは先ほどの議会での様子とは打って変わって、リーゼロッテを気遣うように優しく声をかける。

「ええ。では」

リーゼロッテは後ろを振り返ることはせず、背中越しにエリカに応じて、そのまま部屋の奥へと進んでいく。それでエリカとナターリアは反転して退室しようとするが――、

「…………」

アンドレイは立ち止まってリーゼロッテの背中を見つめていた。そのまま何か言うのかと思われたところで――、

「行きますよ、アンドレイ」

エリカがアンドレイの背中に声をかけた。

「……はい」

アンドレイは俯くように頷くと、エリカとナターリアの後を追って退室する。パタンと扉を閉めて、三人で通路に出ると――、

「アンドレイ。貴方の複雑な思い、私にぶつけてくださっていいのですよ」

エリカがアンドレイに告げる。

「……エリカ様」

アンドレイはさらに深く俯き、拳をギュッと握りしめて――、

「……正直、見損ないました。彼女は王侯貴族の不条理を知りながらも、王侯貴族でいる

ことを選んだ。あれだけ聡明でありながら、結局は王侯貴族なのだと。民衆の将来のことを見ていない。そのことに失望している自分がいます」

自分の感情を吐露した。

「本当に、可哀想なアンドレイ……。彼女と手を取り合える未来があると、信じてしまったのですね。貴方はとても純粋な人だから、期待を裏切られたと思って傷ついている。ですが、それでも期待しているのではありませんか？　だからこそ、彼女に負の感情を抱きながらも罵倒はしなかった。彼女にわかってもらいたい」

「そう、かもしれません」

「アンドレイ、人は裏切られることによって強く傷つけられます。だから、その気持ちを忘れてはいけませんよ。傷つき絶望した時にどう立ち上がるのか、そこで貴方という人間の本質が試されるのですから。ともすれば、これは貴方にとっては成長の機会になるはずです。次にリーゼロッテさんと会った時にどう接するのか、貴方なりの答えを出してみてくださいね」

「……はい」

アンドレイは苦々しく頷いた。

◇◇◇

一方で、エリカ達が退室した直後。

「………………」

リーゼロッテは悔しい気持ちを押し殺した顔でソファに腰を下ろす。拉致されて他国に連れてこられて、公開リンチでもするように一方的な罵声を浴びせられて、今になってそれらが応えてきたのか、瞳に涙をにじませる。だが、我慢しようとする。やり場のない気持ちが胸中で渦巻いていて、どうにかなってしまいそうだった。

「誰か、助けて……」

リーゼロッテは救いを求め、掠れた声でぽつりと呟く。すると、室内に誰もいなくなったこのタイミングで、アイシアがスッと実体化して現れた。

「リーゼロッテ」

「はい……」

「大丈夫？」

「大丈夫じゃないかもしれません」

リーゼロッテはすっかり呆けていて、話しかけてくるアイシアに対して無意識のうちに返事をしているらしい。だからこそ、普段なら人に言わないような弱音もぽつりぽつりと吐き出していた。

「ごめんなさい。議会の部屋にいる前からずっと見ていたのに、見ていることしかできなくて……」

　アイシアが心なしかしゅんとした様子で謝る。すると――、

「いえ……。って、へ？　ア、アイシア……さん？」

「うん」

　リーゼロッテはここでようやく誰かと話していることに気づいたらしい。

　なぜアイシアがこの場にいるのか？　どうやって侵入してきたのか？　ずっと見ていたとは、どういうことなのか？　などと、頭の中で色んな疑問が思い浮かんできて、激しく困惑した顔になってしまい――、

「……え、えええええ？」

　と、彼女にしては珍しく、目で見てわかるほどに動揺してしまう。

「静かに。助けに来た」

「ちょ、ちょっと待ってください。ど、どういうことなのでしょう」

　声のボリュームを潜めて尋ねるリーゼロッテ。

「リーゼロッテが一人になるのを待っていた。だから出てきた。これからリーゼロッテを連れてここを抜け出す」

「で、出てきた……とは？　え、いつから？」

「詳しく説明するのは外に出てから。春人とアリアが外で待っている」

「え、ハルト様とアリアまで……？」

　自分を助けに来てくれた……。そのことを認識して名状しがたい嬉しさがこみ上げてくる。だが、これはもしかして夢なのでは？　という疑問も思い浮かんできて、軽く頬をつねって確かめようとする。

「夢じゃない」

「そう、みたいですね……」

「私もいる。リーゼロッテは一人じゃない」

「ア、アイシアさん……」

　リーゼロッテは溜まらず涙を流してしまった。

「泣かないで」

「すみません……」

「謝らなくていい。今、春人と連絡するからちょっと待って」

　アイシアはリーゼロッテに向けてスッと左手を掲げた。

「……はい？」

　アイシアは何を言っているのだろう？　一体どうやって連絡を取るのだろう？　と、リーゼロッテは小首を傾げる。

「…………………」

　アイシアはしばし無言のまま立ち尽くしていたが――、

「春人から許可が出た。下調べも済んで、準備が整っている。後は私の判断で貴方をここから連れ出していいらしい」

　と、本当に連絡を取り合っていたかのようなことを言う。

「……は、はい？」

　本当にいったい何なのか？

「部屋の外にいる見張りを無力化してくる。ちょっと待っていて」

　そう言うや否や、アイシアは光の粒子と化してその場から消えてしまう。

「えっ……!?」

　リーゼロッテはギョッと目を見開く。

　かと思えば、数秒後にガチャリと部屋の扉が開いて――、

「気絶させた」

アイシアが見張りの男性を気絶させて入室してきた。いったん扉を閉めて、意識を失っている男性をそっと室内の床に置く。

「………せ、説明。説明をお願いしますね。後で構わないので」

呆然と言葉を失うリーゼロッテだったが、今この場で考えるのはもう諦めたらしい。説明は後回しだと自らに言い聞かせるように言って、ここから先に何が起ころうがもう驚かないぞと腹をくくる。

「うん。じゃあ、今から透明になる。私の手を離さないで。あと、大きい声も出さないように」

「はい！」

透明になるの？　すごい！　リーゼロッテは脳筋的な思考速度で、実に小気味よく返事をし、言われた通りギュッとアイシアの左手を握りしめる。

「…………」

アイシアは右手で部屋の扉を開けると、無言のまま精霊術を発動させた。ふわりと微風が巻き起こり、アイシアとリーゼロッテを包み込んでいく。

かと思えば、リーゼロッテの目には周囲の景色が全く見えなくなってしまう。靄がかかっているように、空間が屈折しているのだ。一方で、精霊術で魔力を可視化するアイシアの目には問題なく外の景色が見えている。なお、外から見た場合は空間内にいる者の姿が見えないように錯覚してしまう。

（……な、なにこれ、魔法じゃない？）

す、すごいなあ。と、抱きかけた疑問を上書きするリーゼロッテ。いちいち何が起きているのかを気にしていたり、尋ねていたりしたら本当にキリがなさそうだ。ただ――、

「目に見えている靄には触れないで。空間が揺らいで幻術が解けちゃうから」

「わ、わかりました」

一つだけ、わかっていることがある。

ハルト、アイシア、アリア。ガルアーク王国でこの三人を除いたら、他にこれ以上の戦力を用意することは絶対できないということ。

その三人が自分のために、リスクを承知で助けにきてくれた。この国に来てからずっと一人で、辛いことばかりで……。それだけに、三人が駆けつけてくれたことが本当に嬉しくて、本当に頼もしくて、感情の高揚を抑えきることができない。

「ありがとうございます」

リーゼロッテは大きな声を出せない代わりに、アイシアの手をギュッと握り締める。

「うん。あとは黙って歩いていれば春人とアリアに会える。行こう」

明るい未来へと誘うように、アイシアはリーゼロッテの手をしっかりと引っ張ったのだった。

その頃、リオとアリアはリーゼロッテが軟禁されている屋敷から歩いて五分ほどの人気のない路地裏に待機していた。あとはもう作戦を決行する段階になったので、ブラックワイバーン製のコートも着用済みだ。

「リーゼロッテさんを連れて部屋から出たそうです。早ければ五分程度で合流できるはずです。いよいよですね」

と、アイシアからの連絡を受けて報告を行うリオ。何かあった時には陽動役や護衛役として動くことにはなっているが、不可視の精霊術で部屋を抜け出すことができたのなら、後はもうトラブルが起きることもないようには思えた。

なお、合流後はその時点でリーゼロッテの脱出に気づかずに騒ぎになっていないようであれば地上から、騒ぎになっている場合は多少目立つことは覚悟で速やかに上空へ飛んで逃げる手筈になっている。

「何事もなくこの場へたどり着けるとよいのですが……」

「不可視の精霊術さえ発動していればよほど気配に敏感な人でもない限りは気づかないはずなので、大丈夫だとは思います」

「……興味本位の疑問なんですが、実際に消えるとどのように見えるものなのですか？」

アリアが遠慮がちに尋ねる。

「試しに使ってみましょうか」

リオは精霊術を発動させた。微風が渦巻くようにリオの身体を包み込む。すると、アリアから見てリオのたたずむ場所に空間の歪みが生まれる。が、それもほんの数秒足らずの間だけだ。リオの姿はフッと見えなくなっていき、空間の歪みも綺麗になくなる。もうどこから見ても、そこに人が立っているとは分からない状態になっていた。

「……なるほど。これは、すごいですね。発動から数秒で完全に景色と一体化した」

アリアは瞠目した。

「見えないようにしているだけなので、こうして声は漏れますし、気配も特に消せるわけではないんですけどね。単純に視覚情報を絶つだけの幻術です。激しく動き回ると透明化が解けちゃいますし、身体を覆う空気の膜に何かが触れるとやはり空間が揺らいで透明化に差し支えが生じますし、魔力を可視化できる人なら異変に気づきます。なので過信は禁物なんですが……」

と、リオは不可視の精霊術のデメリットを列挙していく。精霊の霊体のようにこの世から物質的に消えてなくなるわけではないし、戦闘中に使用するのも難しい。魔力を可視化してしまう精霊術士が相手だとせいぜい子供だましにしかならない術なのだ。

「それでも十分すぎるほどに実用性はあると思います。よほど近づかない限りは気配で気づくのも難しいですし。種を知らない者にとっては完全な初見殺しです。おかげでこうして堂々と脱出もできますし」

と、アリアが感心して唸る。

その時のことだった。

ドオンという轟音が、元首官邸や庁舎がある建物の方角から響いてきた。しかも複数回にわたってだ。直後――、

（ごめんなさい、春人。誰かに不可視の精霊術を見破られた）

リオのもとに、アイシアから念話が届いた。

リオがアリアに不可視の精霊術を披露するほんの少し前のことだ。アイシアはリーゼロッテを連れて堂々と屋敷の中を歩いていた。

（…………本当に見えていないのね。すごい）

建物の中を巡回している兵士達と何度かすれ違ったが、誰一人として二人の存在には気づいていない。

問題があるとすればリーゼロッテの部屋の前にいた見張りがいなくなっているので、そのことに気づいて室内を確認する者がいたら、脱走したことを気取られてしまうということだ。

が、少なくとも屋敷から出るまでの間に、リーゼロッテが部屋から脱出したことに気づいた者はいなかったようだ。屋敷の中を歩く者達が慌てている様子はない。

しかし、問題は玄関から屋敷の外に出た時に起こった。中庭を歩いて敷地から出ていこうとすると――、

「おい、人質が逃げようとしているぞ！　リーゼロッテだ！　リーゼロッテ＝クレティアが逃げようとしている！」

と、誰かが大声で叫んだ。アイシアは不可視の精霊術を解いたわけではないのに、だ。

瞬間、アイシアが鋭い眼差しで一帯を見回す。そして――、

「抱える」

アイシアは急に、リーゼロッテをお姫様抱っこした。瞬間、不可視の精霊術の効果が解除されていく。かと思えば、アイシアが立っていた位置に――、

「きゃっ」

直径数十センチほどの光弾が降り注いできた。

ドオンと、轟音が鳴り響く。

降り注いできたのは一発だけではない。わずかに間を置いて二発目、三発目、四発目、五発目と、断続的に降り注いでくる。一発一発になかなかの威力が込められているが、弾速はそこそこだ。

アイシアはリーゼロッテを抱きかかえたまま軽やかにステップを踏んで、余裕を持って一発一発を躱していった。攻撃が着弾する度に轟音が鳴り響き、地面が抉れていく。アイシアは追撃を警戒して上空を仰ぐが、直ちに攻撃が押し寄せてくることはなかった。

しかし、一連の攻撃で都市中に轟音が響き渡ってしまったはずだ。当然、周辺にいる警備の人員も異変に気づいたはずで、すぐに警備の人員が押し寄せてくるだろう。

（ごめんなさい、春人。誰かに不可視の精霊術を見破られた）

アイシアは直ちにリオに報告した。

（じゃあプランBだ。リーゼロッテさんの安全が最優先で、飛行してすぐに退避を。こっちも空から援護しに行く）

リオからもすかさず指示が飛んでくる。

「リーゼロッテ、プランBに変更になった」

「プ、プラン、B？」

初めて聞きましたけど……、とリーゼロッテが戸惑う。と――、

「行くよ」

アイシアは地面を蹴って跳躍する。そのままぐんぐんと高度を上げていく。ちょうど警備の人員が屋敷の中や敷地外からぞろぞろと押し寄せてきたところだった。エリカやアンドレイ、ナターリアの姿もある。

「ちょ……っと、えっ？　えええ？」

軽く数メートルは跳躍した。どこかをめがけて跳躍したわけでもないので「なんでこんな場所で？」と、まずはそのことに驚くリーゼロッテ。続けて、重力に従って落下すると思ったのに、ぐんぐんと浮き上がっていく感覚に瞠目する。

簡単には驚かないぞと決めたリーゼロッテだが、常識を立て続けに容易く超えていくの

だから、驚くのも無理はない。すると——。

緩い放物線を描きながら、アイシアの頭上を光弾が走ろうとした。今度のは先ほどよりも一つ一つのサイズがだいぶ小さい。代わりに、弾速と数で勝っていた。

「っ……」

アイシアは咄嗟に高度を下げて、光弾のラッシュをかいくぐる。あのまま高度を上げていたらちょうど攻撃を食らっていたところだ。

直後、またしても光弾が降り注いでくる。今度は押さえつけるように頭上を飛んでいくのではなく、直にアイシアめがけて飛んできた。明らかに計算して、アイシアの動きを制御しようという攻撃の仕方である。

「私に強く掴まって」

「は、はい！」

と、リーゼロッテが頷くよりも少し早く、アイシアがジグザグに飛んで光弾を避けていく。が、躱している間にも新たな光弾が飛んでくるので、キリがない。

（春人、私が高度を取れないように距離を置いて制圧射撃してくる敵がいる。たぶんかなり腕の良い精霊術士。不可視の精霊術を見抜いた人と同じはず）

アイシアは攻撃をかいくぐりながら、リオに連絡した。アイシア一人ならともかく、リーゼロッテを抱えている状態だと速度と小回りに制約が出てなかなかに厳しい。

（了解）

と、リオが返事をしたところで――、

「逃がしませんよ」

地上から五メートル程度とかなり低空飛行しているアイシアめがけて、聖女エリカが地上から勢いよく飛びかかってきた。リーゼロッテを抱えるアイシアごと、錫杖で叩きつけるように押さえつけて無理やり地面まで押し倒そうと考えているらしい。だが――、

（こっちも到着した）

リオの声がアイシアの脳裏に届いたのと同時に、聖女エリカめがけて、頭上から勢いよく落下してくる人物がいた。アリアだ。

「っ⁉」

エリカは影が差したことに気づいて、構えていた錫杖を咄嗟に上段で構え直す。直後、アリアが手にした剣が容赦なく振り下ろされた。

「はあっ！」

アリアは落下の運動エネルギーと身体強化で底上げした膂力を見事に乗せて、勢いよく魔剣を振り抜く。構え遅れたこともあってエリカは攻撃を受け遅れ――、

「くっ……」

エリカの身体はガクンと急落下して、勢いよく地面に叩きつけられた。上手く着地することも受け身をとることもできず、激しくバウンドしてからゴロゴロと地面を転がっていった。遅れて、アリアが地面へと軽やかに着地する。

一方で、リオはアイシアのすぐ傍まで降下してきて暴風を纏った剣を振るい、ちょうどアイシアめがけて接近していた光弾の雨を薙ぎ払った。

(アリア……、ハルト様！)

リーゼロッテは感極まって二人の背中を交互に見る。

(アイシア。さらに作戦変更だ。ここは俺とアリアさんが引き受ける。アイシアは引き続き空を飛んで、都市の外へ。制圧射撃の心配はしなくていい。俺がすべて防ぐ)

と、リオは言うや否や、自分の視界を遮らない範囲で数十にも及ぶ光弾を周囲に展開させた。一つ一つの直径は十センチに満たない野球ボール程度のサイズである。

(うん)

アイシアはこくりと頷くと、王都の外を目指して加速し始めた。すると――、

「に、逃がしてはなりません！　追って！　追うのです！　誰か、エリカ様の救助を！」

一連の出来事を目撃して呆気にとられていたアンドレイが、ハッと我に返って近くにい

た警備の兵士達に指示する。

「……いいのですよ。この程度で私が倒れることは決してありません」

エリカはのそりと立ち上がり、声を張り上げて自らの無事を誇示した。特にダメージがないのか、衣類についた土埃をパンパンと煩わしそうに手ではたいている。

「エリカ様！」「ああ、エリカ様！」

などと、その姿を見ている国の者達は感極まってその名を口にした。エリカはそれに応えるように、錫杖を空高く掲げる。

（……あの勢いで地面に叩きつけられてピンピンしているのか。確かに、アリアさんが言っていた通りかなりタフそうだ）

リオは眼下のエリカをちらりと視界に収め、息を呑んだ。

「誰がこんな騒ぎを起こしたのかと思えば、貴方だったのですか。それに、頭上の彼もガルアークの城にいた少年ですね。後をつけてきた、ということですか」

エリカは向かいに立つアリアと頭上に浮遊するリオを交互に見て、なんとも億劫そうに溜息を漏らす。

「聖女の相手は私にお任せを！」

アリアが頭上にいるリオめがけて叫ぶ。能力的に地上と上空のどちらにも対応できるのはリオなので、その警戒にあたってほしいという意図もあるのだろうが、アマンドでの一件で並々ならぬ思いをエリカに抱いているのだろう。その瞳にはこの場の流れ次第ではエリカの命を奪うことも辞さないという意志と覚悟が垣間見えた。

「……了解です。邪魔は誰にもさせません」

地上にいる兵士達にも、隠れて援護射撃を行ってくる精霊術士からも。リオは鋭い目つきで一帯に意識をちりばめさせた。すると――、

「この者達はリーゼロッテ＝クレティアを奪還しにきたガルアーク王国の王侯貴族達の手先です！　私が天誅を下しましょう！」

エリカはそう宣言してから、錫杖を構えてアリアをめがけて突進を開始した。と、同時に、アリアも前方に踏み込んでエリカとの間合いを詰める。

間合いに入ったことで互いの得物と得物を振るい合い、激しい攻防を開始した。膂力で勝るのはエリカだが、アリアが卓越した立ち回りと戦闘技術で対抗する。

（……聖女エリカの身体強化はかなり強い。けど、話に聞いていた通り動きは素人。あれなら余計な横やりさえ入らなければ、時間の問題でアリアさんが勝つ）

リオは眼下のエリカの動きを観察し、エリカのことはアリアに任せて問題はなさそうだと判断する。すると――、

「エ、エリカ様を援護なさい！　その不届きな女を捕らえるのです！」

数に物を言わせてアリアの動きを阻害しようとでも思っているのか、アンドレイが敷地に集まっている兵士達に命令する。

「うおおおおおおお！」

兵士達は四方八方から一斉にアリアめがけて突進を開始した。このままでは入り乱れた泥臭い混戦状態になる。

リオはそれを予見し、周囲に展開させている光弾を上空十メートル程度の高さから一帯にばらまいていった。光弾の一撃一撃には当たり所が悪くない限り、人を殺傷するほどの威力は込めていない。だが――、

「ぐあっ！」「うわあっ！」

直撃すれば大の男達が数メートルは吹き飛んで転がっていく程度には威力があった。光弾は一発も外すことなく、的確に兵士達の意識を刈り取っていく。数秒にも満たない時間で、十数人にも及ぶ兵士達が地面に倒れた。まだ健在な兵士も多いが――、

「ひっ……」

空から光弾が降り注いで味方が続々と吹き飛ばされていった光景を見せつけられた兵士達は、途端に怯んでいく。

アリアに接近するとリオに狙われることはよく理解できたのか、足の動きを止めてしまった。リオは光弾を射出した先から残弾を補充しているので、相まって効果的に兵士達の戦意を削いでいる。

「な、何をしているのです!? 戦いなさい! そこにいる不届きな女に近づけないのなら、飛んでいる彼を狙いなさい。矢を、魔法を、放ちなさい」

アンドレイは周りにいる兵士達を非難するように新たな指示を出す。と——、

「くっ……」「《氷弾魔法》」

遠距離攻撃の手段を持つ何人かが弓で矢を放ち、呪文を詠唱して下級の攻撃魔法をリオめがけて放った。

リオは空中でくるりと身体を回転させて、地上を三百六十度見回す。バラバラに放たれた攻撃が迫ってくるのを確認すると、展開させている光弾を一斉操作した。

すると、一つ一つの光弾が意思を込められているかのように変則的に動きだし、接近してくる攻撃魔法や矢に命中させて迎撃してしまう。ついでに攻撃を放ってきた者達のところには反撃用の光弾を誘導して、意識を刈り取っていくことも忘れない。

「な、なんなんだ、あの男は……」

「なんで人が空を飛べる……」

「あの光の球はなんなんだ？」

一帯の制空権は、完全にリオが掌握していた。そのことを悟ったのか、地上にいる兵達の戦意は今度こそ完全に失われてしまう。

「そんな、私達には見ていることしかできないのですか……」

アンドレイは絶望に打ちひしがれて膝をつく。

周囲から余計な邪魔が入ってこないことで、アリアとエリカの戦いも激化の一途を辿っていた。身体能力で勝っているのはやはりエリカだが、押しているように見えるのはアリアだ。巧みな戦闘経験で後の先をとる戦い方を貫いている。

形勢は完全にリオとアリアに傾いていた。このまま戦闘を継続すれば数分とかからず勝敗がつく可能性がある。しかし、どういうわけか聖女はまだ神装で身体強化しか行っていない。どういう力を秘めているのかは未知数だ。それに――、

（……妙だな。ここまでこちらが制空権を確保しているのに、アイシアに攻撃を加えていた人物からの援護射撃がまったく飛んでこない）

アイシアがリーゼロッテを抱えて逃げようとした時とは打って変わって、空中への攻撃が止んでいる。もとより姿を見せない謎の精霊術士のことを最も警戒して空中に布陣していたので、リオはそのことを不審に思う。すると――、

「…………やはりここでは私が不利ですね。思い切り戦えません」

地上ではエリカが急に足の動きを止めた。

「……負け惜しみですか」

警戒してアリアもいったん動きを止める。

「力を碌に使えないのですよ。周囲には守るべき民が倒れ、痛みで苦しんでいる。この状況で私の力を使えば必然的に彼らを巻き込んで殺してしまうことになるかもしれない。上空にいる彼は紳士的に見えてずいぶんとやり口が汚いのですねえ」

エリカは頭上を仰いで、リオの批判を行った。

(アイシア、そちらの様子は？　何か異状はない？)

リオはエリカの言葉を無視し、アイシアに状況確認を行う。

(今のところはない。都市の南側、交信が可能なギリギリの距離まで離れた)

つまりは、リオがいる場所から一キロ程度南ということだ。都市を出てほんの少し進んだ程度の位置だろう。

(……わかった。アイシアの逃走を妨害した術士の攻撃がまったくなくなったんだ。そっちに行ったのかもしれない。注意して。こっちもそろそろ引き上げる)

(わかった)

これで交信は終了する。

「私などいないかのように振る舞うなんて、冷たい男の人ですね」

エリカは嘆かわしそうにリオを見上げた。

「我々が駆けつける前に逃走を妨害していた人物の動きが見えてきません。嫌な予感がします。そろそろ退散しましょう」

リオはやはりエリカの言葉には応じず、眼下のアリアに撤退を呼びかけた。

「……御意」

と、返事をするアリア。聖女エリカの討伐とリーゼロッテの安全確保なら、優先すべきは後者だ。エリカ憎しでそのことを忘れてはならない。アリアは冷静さを失ってはいなかった。

「まあ？　敵地でここまで暴れておいて、逃がすとお思いですか？」

エリカは錫杖を構えて、好戦的な笑みを覗かせる。

「先に我が国で同じことをしたのはそちらです。非難されるいわれはありませんね」

「ふふふ……」

アリアは間髪を容れずにエリカを非難した。そして剣を構え、一触即発なエリカを牽制する。と――。

リオがアリアに蓋を被せるように、地面めがけて円錐状に展開させている光弾を一斉射出した。光弾の壁がアリアとエリカを一時的に分断する。その隙にリオは一瞬で円錐内部の地面へ降下し、アリアを抱きかかえると――、

「行きましょう」

再び、上空へと飛び立った。

上空十数メートルの位置まで浮上する。

（………逃走を妨害してくる攻撃がやはり飛んでこない）

かといって、アイシアから襲撃を知らせる連絡もこない。なぜだ？　と、その理由を考えながらも、リオはアイシア達との合流を急いだ。一方で――、

（やはり周りに民がいては大した力を使いませんか。とはいえ都市の外に出られてからでは手の打ちようもありませんでしたし、ここから聖女がどう動くか……）

レイスが遥か上空から、一同の次の動きを見守っていたのだった。

◇　◇　◇

一方、リオ達が去った直後の元首官邸の庭先では、暗澹たる雰囲気が漂っていた。

庭にいる誰もが、絶望を味わっていた。それは革命で勝利し続けてきた彼らが初めて味わう敗北という名の毒だ。

今日、彼らは初めて敗北を喫したのだ。もとより神聖エリカ民主共和国は実戦経験が圧倒的に不足している。革命時に発生した大抵の戦闘では、エリカの力で本来ならば勝ち得ぬ勝利をもぎ取ってきたからだ。

ゆえに、各国と比べても兵士の練度は群を抜いて最低である。相手が悪すぎるということもあるのだが、今回の戦闘はそのことが如実に現れたものだった。あまりにも、お粗末だった。無力だった。

「ああ、ああ、エリカ様！　申し訳ございません、申し訳ございません！　我々は、我々は無力でした！　貴方お一人に戦わせて、我々は、なにもできなかった！」

絶望という名の汚泥を口から直に注ぎ込まれ、取り乱してしまっているのか、アンドレイが激しく悔いてエリカに謝罪した。

「大丈夫ですよ。アンドレイ。そして皆さん。貴方達はよく戦ってくれました」

エリカは聖母のように優しく微笑み、かぶりを振る。

「エリカ様！」「エリカ様！」「エリカ様！」

救いを求めるように、誰もが口々にエリカの名を呼んだ。

「……リーゼロッテ＝クレティアはやはり魔女だ！　魔女だったんです！　あの女がこの国に不幸を持ち込んできた！　あの女が災いの象徴だった！」

アンドレイは相手を呪い殺すかのような顔でリーゼロッテを悪しき存在だと断定する。

「申し訳ございません。リーゼロッテさんを我が国へ連れてきたのは私です。すべては私の判断ミスだったのでしょう」

エリカは己の過ちを認め、途端に哀しそうな顔になる。

「いいえ！　いいえ！　誰にわかりましょう！　優しき聖女のように振る舞う魔女の本性など、誰にわかりましょう！　民衆に同調し、聞こえの良いような言葉を並べて我々の心の隙間に入り込もうとしてきた！　あの女は狡猾すぎるのです！」

エリカは悪くないのだと、アンドレイはリーゼロッテを貶めることで主張した。

「……今日この場へ現れた彼らの力こそ、大国が有する悪しき王侯貴族達の保持する権力に他なりません。我々が革命で倒した悪は小さな存在に過ぎなかったのです。世界にああいった大国が存在する以上、我々の国は常に脅威にさらされていると思ってください」

「ああ、ああ！　我々は、我々は本当に無知だった……！　なんと愚かなまでに、無知だったのでしょう！」

「思い上がってはいけません、アンドレイ。いつも私は言っているでしょう。本当に、人は愚かな生き物なのだと」

「……本当に、本当に、私は愚かだった。なんと、愚かだったんだ……」

アンドレイはハッとし、さらに悔いるような顔になる。

「ですが忘れてもいけません。人は絶望することによってのみ、己の本質と向き合うことができるのですから。向き合ってください！　逃げずに知ってください！　自分という人間のことを。絶望を経てなお残る己の思いを。そして、その思いを糧に前へと踏み出すのです！　貴方達はまだ前に進む意志はありますか？　大陸中の王政を撤廃することなくして、民衆の前進はありえない。そのことをよく思い知ったはずです。それでも願いますか⁉　民衆のための世界を作りたいと、願いますか⁉」

エリカは傾聴する者達の思いを鼓舞するように、錫杖を高く掲げて問いかけた。

「す、進みたい！」「進みたいです！」「ですが、どうすれば⁉」「我々にそんなことができる力があるのでしょうか⁉」

話を聞く者達から様々な声が上がる。

「あります！　私は彼らにこう言ったはずです。敵地でここまで暴れておいて、逃がすとお思いですか？　と。安心してください。皆さんには私がいます！　ですが、信じてくださいますか？　私のことを、今までに私が起こしてきた奇跡を！」

「無論」「無論です！」「信じます！」「信じる！」「信じるぞ！」

声はやがて活気へと変わっていく。

「ならば、今日、私は新たな奇跡を皆さんにお見せしましょう！　この力は大国に攻め入る時まで使うまいと決めていたのですが、やむを得ません。その大国が、我が国の領土を土足で踏み荒らしたのですから！」

エリカは右手で錫杖を握ったまま、勢いよく両手を広げて天空を見上げる。

「弱者を、民衆を、この国を守る！　民衆を守る、悪を裁く、最強の神獣にして、守護獣を！　今こそが裁きの時間です！　さあ、おいでなさい！　大地の獣よ！」

直後、中庭は雲で覆われたように、大きく影が差した。

第六章 ❖ 大地の獣

それはちょうどリオがアリアを抱きかかえて、首都エリカブルクの上空を抜け出した時のことだった。首都南部に広がる荒野の岩陰に潜むアイシアとリーゼロッテの姿を発見して、高度を下げようとしたところで——、

「っ⁉」

リオは背後から、異常という言葉でも形容できないほどの魔力の高鳴りを感じた。慌てて首都内部の方を振り返ると——、

「なんだ、アレは……」

「なっ…………」

リオもアリアも、言葉を失う。

「…………」

地上からもちゃんと目視しているらしい。

リーゼロッテは息を呑んで身を竦ませていた。

アイシアは険しい面持ちでソレを睨んでいる。

果たして、そこにいたのは――。

かつてリオが倒し、リオが見た中で最も巨大な生物であるブラックワイバーンが、小ぶりに思えるほどの巨躯を誇る、四肢の獣だった。

それが直径百メートル大の空間に、あたかも精霊が行うように、どこからともなく光が密集していき姿を象っていく。

厳密に似通っているというわけではないが、雄々しく猛々しい闘牛を連想させるようなフォルムだった。外皮の大部分は岩で覆われているようにゴツゴツしていて、臀部からは獰猛な蛇のような顔を持つ三本の尻尾がうねっている。なんとも超常的というか、幻獣とでもいえばいいのだろうか。

四肢の獣は遥か上空で出現すると、そのまま空中を浮遊し、一キロほど前方を飛行するリオとアリアの姿を捉えた。憤怒などという言葉では生ぬるいほどの憎悪を、瞳に孕んでいる。そして――、

「オオオオオオオオオオオオオオオオッ！」

国中を震え上がらせるような、激しい怒声が大気を震わせた。

（……春人！）

アイシアから珍しく慌てたような声が届く。

（ああ、アレはまずい！）

と、リオは応答しながら、眼下にいるアイシア達のもとへ急降下した。そして――、

「三人で退避を！」

リオは剣を抜き、なりふり構わないほどに焦った顔で、三人に指示を出した。

一方、同じく首都エリカブルクの上空。

四肢の獣が小ぶりに見えるほどの高さで。

（……実に千年ぶりの雄叫び、ですか）

レイスも四肢の獣の顕現を目視していた。

（やはり聖女は覚醒していたようだ。つまりは一度だけ、超越者の領域に片足を踏み込む権利を獲得したということ）

その眼差しはとても険しい。

（よもやこの戦いでそうなるとは思えませんが……。こうなった以上は黒の騎士が神獣を

相手にどこまで戦えるのか、見させてもらうとしましょう）

その直後、激闘の火蓋は切られることになった。

「三人で退避を！」

と、リオが指示を出したのと同時に、四肢の獣が、いいや、エリカが言うところの大地の獣が、地上に立つリオ達を睨んだ。かと思えば——。

獣の口に、強大な魔力の砲弾が浮かび上がる。サイズは直径三十メートルで、相当な魔力が凝縮されている。

（まずいっ！）

リオは瞬時に剣へ魔力を流し込んだ。直後——、

「ッア！」

獣が魔力の砲弾を射出した。

「っ……」

気がついた時には眼前まで砲弾が迫っている光景が視界に映っていて、リーゼロッテは

ただ身を震わせる。反応すらできなかった。一方で、アリアはリーゼロッテを庇うように咄嗟に抱き寄せる。そして——、

「大丈夫」

と、アイシアが言ったのとほぼ同時に、リオが剣を振るった。その刀身には凝縮された嵐のような風がまとわりついていて——、

「っ！」

左下から右上に振るわれて解放された嵐風が、魔力の砲弾を薙ぎ払った。打ち返すには至らないが、砲弾の軌道が逸れる。

弾かれた砲弾はリオ達の後方数百メートルの荒れ地に着弾すると、とんでもない爆発音と衝撃波をまき散らす。その勢いは止まることを知らず、台風のような風がリオ達が立つ位置まで押し寄せてきた。

「きゃっ……」

ふらつきそうになったリーゼロッテの身体を、アリアが支える。爆心地で砕け散った大地の破片も飛んでくる。リオがそのことに気づくが——、

「私が防ぐ」

アイシアが風の障壁を展開し、吹き飛んできた岩の軌道を代わりに逸らした。

するとき、獣が巨躯に見合わぬほどの速度で都市の外へ飛翔を開始する。まっすぐとリオ達のところへ向かってきた。

のではなく、右前方に飛翔して、リオ達と一キロほどの距離を置いた。その間、ほんの数秒。巨躯の獣が猛スピードで移動したことで、大気が揺れるほどに風が吹き荒れた。地上では砂埃が巻き上がるが、それもアイシアが風の障壁を張って防ぐ。

（場所を変えた？　なぜ？）

位置取りを変更した獣の意図がわからず、疑問符を浮かべるリオ。しかし、推察できるほどの情報もなく――、

「ウァぅッ」

大地の獣が、またしても大きく口を開いた。

そして、膨大な魔力が再び集中していく。しかも、一撃目よりもさらに魔力を凝縮させているのが見て取れる。

（あの魔力量、とんでもない攻撃になりそうだ……）

下手に動けば守り切ることができない。リオは瞬時にそう判断すると――、

「俺が第二撃を防いだら、アイシアは二人を抱えて南へ！　安全と思える場所まで退避してくれ！」

かつてないほどに焦りを帯びた声で叫ぶ。並行して、獣がこれから放とうとしている攻撃に対抗するための魔力を錬り上げている。

かつて行ったことがないほどに、全力で魔力を高めていく。普通ならば人間族には可視化されえない、純粋な魔力が、可視化されていくが——、

（……防げる、のか⁉）

確信が持てない。それほどに獣が凝縮させている魔力が膨大である。自分にアレほどまで魔力を高めることができるのか、リオは自信が持てなかった。

「これはっ……」

リオの肉体から溢れる純粋な魔力光を目の当たりにして、リーゼロッテとアリアが瞠目していた。

「春人、初撃は私も一緒に防ぐ」

アイシアがリオの背中に呼びかける。

「……わかった。なら、ありったけの魔力を使ってくれ。最初に俺が、アイシアは十分に魔力を蓄えてから、どのタイミングで打つのか任せる」

リオは後ろを振り返らずに応じた。

「わかった」

アイシアは頷いて、背中からリオに優しく抱きつく。

「…………」

リーゼロッテとアリアは呆け気味にその様子を見つめている。

パスを通じてリオの肉体に眠る魔力がアイシアへと直に移譲されていく。すぐにアイシアの身体からも、人の目で可視化されるほどの魔力が溢れ出した。

そうして、二人で極限まで魔力を高めたところで、どうやら大地の獣も魔力を高め終えたらしい。すると――、

「大丈夫、春人なら守ることができる」

アイシアが優しく言い聞かせるよう、リオの耳許に囁きかけた。

「……ありがとう」

それでリオはハッとして、表情にわずかな自信が宿る。アイシアはリオの動きを阻害しないよう、一歩だけ下がって抱きつくのを止めた。直後――、

「アアアアアアアアアアッ！」

甲高い悲鳴のような声が、大気を歪ませる。

大地の獣の口から、純粋な破壊エネルギーが放出された。触れた物質すべてをチリ一つ残さずに消滅させてしまうほどのエネルギー。それを――、

「はああっ！」

リオも純粋な破壊のエネルギーを放つことで、相殺しようと試みた。破壊の光線と破壊の光線が、都市近郊の上空で衝突する。と――、

「なん、と……」

アリアがリーゼロッテの身体を抱きかかえたまま、身体強化した肉体でその場に留まるよう踏ん張る。

「……ご、互角？」

リーゼロッテは薄らと目を開けて、何が起きているか確かめようとした。しかし、何が起きているのかはまったくわからない。

光と光の衝突で、視界が真っ白になっているのだ。攻撃がこちらに届いていない以上、張り合うことができているということだけはわかるが……。

「わかりません。これでは。が……！」

アリアにも何が起きているのかはわからないらしい。吹き飛ばされないように堪えるので精一杯のようだ。

「え、ええ、信じるしかないわね！」

リーゼロッテは祈るように目をつむり、アリアの身体に抱き着く。

今起きているのは、言うならば押し相撲だ。つまり、単純に発動している攻撃を先に維持できなくなった方が押し負ける。

いくらリオの体内に膨大な魔力が眠っていても、術を発動させたり、発動している術を維持し続けたりするには、魔力を錬り上げて体外へ放出する作業が必要となる。この規模の術を長時間にわたって発動し続けるのは、リオでも無理だ。タイムリミットは刻一刻と迫っているが――。

この場にいるのは、リオだけではない。

「私の魔力も十分に溜まった。押し返そう、春人」

アイシアの声が響く。リオの隣に立って、ため込んだエネルギーを放出した。傍から見た時、大地の獣が放った光線がリオの攻撃をわずかに押しかけていたが――。

リオとアイシア。二人分が放つ攻撃エネルギーが合わさったことで、優劣が一気に傾いた。大地の獣が放つ光線は瞬く間に押し返されていく。やがて――、

「アアアアッ!?」

二人の放った精霊術が、大地の獣を包み込んだ。

「今だ！」

リオが叫ぶ。

「うん！」

アイシアは反転し、リーゼロッテとアリアの身体をまとめて抱える。そして、風の精霊術で一気に加速していく。

「っ」「うっ……」

魔剣で肉体を強化しているアリアはともかく、リーゼロッテの身体には生身の人間には辛いGがかかった。

が、それだけの速度を出す必要がある。いまだリオが砲撃を維持している間に、アイシアはリーゼロッテとアリアを抱えて一気にその場から離脱した。

一方、都市の中からだと、リオと大地の獣が繰り広げる魔力砲の打ち合いをよく観察することができた。

都市の外壁から離れているとはいえ、直径数十メートル規模はある光の砲撃と光の砲撃がぶつかり合うことで、熱を帯びた強風が都市にまで押し寄せている。

「お、おお……」

元首官邸の中庭に集まっていた者達は、この世のものとは思えぬ想像を超えた光景に言葉を失い続けていた。

(……これは、いったいどういうことでしょうか？　なぜ、神獣の方が押し負けているのか？　神獣を止められる者は人類にはいないはず。話が違います)

エリカにとっても想定外の事態が起きているらしく、強く瞠目している。ちなみに、神獣とはエリカが呼ぶ大地の獣の別名だ。

てっきり初撃で片がつくと思っていた。そのつもりで、呼び出した。なのに、より強力な二撃目が必要になってしまった。それで今度こそ終わりかと思えば、どういうわけか拮抗する攻撃を打ち返してきてせめぎ合いが生じている。

エリカの予想では今頃とっくに、この庭先は難敵の誅伐を果たしたことで歓喜しているはずだったのだ。

(……これがあの少年の、大国の力だというのですか？　流石に想定外です。大国にはアレだけの攻撃を放てる者が何人もいるとでも？)

もし、何人もいるのだとしたら？

(この先、私が一方的に勝ち続けるのが難しい場面が出てくるかもしれない。やはり彼は勇者なのか？　それで私と同等の力を獲得している？　となれば、私の計画に狂いが生じ

るかもしれない）

様々な疑問がエリカの脳裏によぎる。

「……確かめなくてはなりませんね」

エリカはぽつりと呟くと、敷地の門に向かって歩き始めた。すると――、

「お、お待ちください、エリカ様」

アンドレイがハッと我に返り、慌てて呼び止める。

「……なんですか、アンドレイ？」

「どちらへ？」

「この眼で直接、戦いを見届けてきます」

と、エリカが口にした瞬間――、

「あ、あああ！」

庭先にたたずむ一同が絶望するような声を漏らす。リオとアイシアが放った光の砲弾が大地の獣の大部分を包み込んでしまったからだ。

「うわあ！」「ひい！」「わ、我々の守護獣が！」「終わりだぁ！」

誰もが怯えたように身を屈め、泡を食ったように悲鳴を上げ始める。どうやら今ので守護獣が敗れたと思っているらしく、すっかり心が折れているようだ。

「皆さん、落ち着きなさい！　私のことを、私が起こしてきた奇跡を信じてくださるのではないのですか⁉」

エリカは錫杖の石突きで地面を叩きつけ、一同に呼びかける。すると、一同は騒ぐのを止めて、エリカに視線を向け始める。

「で、ですが、神獣が、大地の獣が……」

アンドレイが代表して口を開く。すっかり青ざめた顔で、神獣が立っていた位置へと視線を向けていた。既にリオが放った光の砲弾は消滅しているが、代わりに凄まじい土埃が巻き起こって視界が遮られている。

「大丈夫、あの程度で我々の守護獣が敗れることなどありえません」

エリカはきっぱりと言いきったが、続けてこうも言った。

「……ですが、正直、大国が抱える力を見誤っていたのかもしれません。だから、見届けに行くのです。もしもの時はこの私が直々に誅伐を下す必要があるかもしれない。止めないでください」

「で、でしたら私も！」

立ち去ろうとするエリカの背中を、アンドレイがすかさず追いかけようとするが――、

「アンドレイ、貴方は宰相です。私の代わりに都市の中の収拾を図ってください。私に付

いてくるよりも、その方ができることは多いはずです」

「っ……、わかりました」

エリカに諭されてしまった。アンドレイはキュッと唇を噛みしめて、悔しそうに首を縦に振る。すると――、

「な、なら、アンドレイ様の代わりに私を同行させてください！」

ナターリアが決然と申し出た。

「……命の危険があるかもしれませんよ？　構わないのですか？」

エリカは深く溜息を漏らし、ナターリアに尋ねる。

「構いません！　もしもの時はこの命、エリカ様に捧げるつもりで生きているのです。今ここで戦わず、いつ戦えというのでしょう？」

ナターリアは怯まず、エリカについていって戦う意思を誇示した。すると――、

「そ、そうだ！」「私も行きます！」「俺も！」「俺もだ！」「行かせてください！」

賛同する戦士達が現れだす。

「……いいでしょう。ですが、時間が惜しい。ナターリアを始め、身体能力を強化して付いてこられる者だけついてきてください。人数は多くても十人。もしもの時は敵と戦ってもらいます。では、私は先に行きます」

エリカは急いでいるのか、それ以上の不要な会話を嫌ってすぐに走り出す。

「《身体能力強化魔術》」

ナターリアは装着していた魔道具の腕輪を使って身体能力を上げると、エリカの後を追いかける。他にも続々と同じ呪文を詠唱する者が現れ、バラバラにエリカの後を追いかけていったのだった。

アイシアがリーゼロッテとアリアを抱えて一気に離れていったのを確認した後、リオは一緒に逃げるのではなく大地の獣が立つ方向を鋭い眼差しで見据えていた。

というのも——、

（こいつの魔力はまだ全然衰えていない）

そう、大地の獣から感じる魔力がまったく衰えていないことを知覚していたからだ。破壊によって巻き起こった巨大な土埃に包まれている大地の獣が追撃してくるのを警戒して殿を務めるべく再び魔力を高めていく。

（こいつはここで倒さないといけない存在だ。ガルアーク王国にこいつを招き寄せるわけ

にはいかない）

アイシアと一緒に逃げることはできたのかもしれないが、リオはこの場に残って戦わなければならない理由があると確信した。直後――、

「ウァッ！」

三条の光線が、土埃の中からバラバラに射出された。一つ一つの威力はつい先ほどまでリオと打ち合った砲弾よりも遥かに弱いが、それでも大地を焼き払うように地面をなぞって薙ぎ払っていく。リオが立つ地点をめがけて、それぞれの光が迫り――、

「っ！」

リオは地面を蹴り、風の精霊術で一気に加速を開始した。光線をかいくぐり、大地の獣へと迫っていく。

獣を包む土埃が、ぶわりと晴れていき――、

（無傷か……）

リオは厳しく顔を曇らせる。

獣は最初にリオが姿を目視した時と変わらぬ姿を維持していた。蛇のような頭を持つ三本の尻尾から、三条の光線が放出されている。尻尾は一つ一つが独自の知能を持っているようにうねり、リオを狙っていた。

先ほどの攻撃で無傷となるとなかなかに精神的に応えるものがあるが、リオは臆することなく前へ突き進んでいく。怖いことは怖い。しかし、だからといって逃げることなどできるはずもない。

リオは光線の雨をかいくぐりながら獣との間合いを詰めていき、直径十数メートルの光弾を周囲にいくつか展開させた。それらを獣めがけて牽制に放っていく。

直撃すれば城壁だろうと粉砕するだけの威力が込められてはいるが、先ほどの光線を凌いで無傷だったことを踏まえると効果があるのかは怪しい。

（この程度の攻撃が効くとも思えないけど……）

光線を放つ尻尾の蛇達はリオが放った光弾が接近してくるのを捉えると、射出していたブレスの軌道を変えてそのすべてが光弾を薙ぎ払った。

（光弾を防いだ？）

ということは、直撃すればダメージがあるということなのだろうか？　リオは瞬時にそう考えた。

（……攻撃が当たるところを見てみたい）

初撃の打ち合いは規模が大きすぎて直撃した様子をまったく観察できなかった。土煙が晴れて見えた姿が無傷だったので、今放った光弾程度ではダメージが発生しないと思ったが、防御したとなるとダメージは喰らうと判断したのではないだろうか？

この時点で、両者の距離は既に百メートルを切っていた。両者には人が城を見上げるようなサイズの差がある。

「ウゥッ！」

獣は眼下まで接近してきたリオを押しつぶすべく、高く掲げた前足を勢いよく地面に振り下ろした。直後――。

大爆発でも起きたような音が鳴り響く。着地点の周辺は大きくめくり上がり、衝撃波が飛び散った。一帯の大地が大きく揺れる。

直撃していれば、身体強化を施した人間であっても即死しそうなものであるが――、

「…………」

リオは剣を振りかぶった状態で、獣の頭上に移動していた。精霊術で浮遊しながら、剣を振り払って暴風を纏わせた一撃を後頭部に直撃させると――、

「ウワァゥッ!?」

ガクンと、獣は地面に引っ張られるように頭から姿勢を崩した。

（ダメージは……ある、のか？）

リオは攻撃が直撃した箇所を目視する。と、後頭部に抉れたようなダメージを確認でき

た。しかし、その抉れがみるみる綺麗に修復されていく光景も目の当たりにする。ゆえに有効なダメージなのかどうかの判断がつかない。と、そこで――、

「くっ」

姿勢を崩している頭部に代わって、お尻にある三本の尻尾達がリオを呑み込もうと押し寄せてきた。リオは変則的な動きをする尻尾が迫ってくるのをギリギリまで引きつけて見極めると、空中でくるりと捻転するように飛行し攻撃を躱した。そして――、

「ウァッ!?」

三本ある尻尾の一つに着地すると、切っ先を皮膚に滑らせながら胴体めがけて疾駆し始める。尻尾はメスを入れたかのように綺麗に割けていく。

痛みは感じているのかもしれない。苦痛を訴えるような叫び声は聞こえている。しかし切り裂いた先からどんどん傷口が繋がって修復していく。

すると、他の尻尾二本が、リオの走る尻尾ごと食いちぎろうと、噛みついてきた。

「グワォ!?」

噛みつかれた尻尾の頭が、苦しそうにもがいた。他二本の尻尾は口の中にリオがいると思っているのか、呑み込もうと激しく食らいついている。

しかし、リオは咄嗟に獣の背中に飛び降りていた。そして尻尾の方を見据えながら、特

大の火炎球二発を発生させて放ち、噛みついている二尾の頭部に直撃させる。

「グアアアアッ！」

爆炎に包まれると二対の尻尾は噛みつくのを止めて、激しく頭部を振り回して鎮火を開始した。その隙にリオは再び剣に魔力を込めていき――、

「はあっ！」

臀部めがけて、背中の上を風の精霊術で急加速する。そして、尻尾の根っこに近づくと、刀身から十数メートルにも及ぶ光の斬撃を放ち、尻尾を三本とも根っこから切り落としてしまった。

そのまま飛翔して獣の臀部から離れていき、すかさず振り返って切り口がどうなるのか確認を行う。すると――、

（これなら、っ……⁉）

尻尾は三本とも、切り離されたままだった。しかし、三本とも健在だった。それぞれ胴体が長い龍のように飛翔を開始する。しかも、三本、いいや三匹ともリオが与えたダメージがみるみる修復していっている。そして――、

「くっ……」

尻尾達はリオを薙ぎ払おうと、口から一斉にレーザーを射出する。そして、胴体のある

獣本体もリオを見上げると、口を開いてそこから五本もの光線を射出した。その一本一本に尻尾達が放っているのと同じくらいの威力が込められている。

合計で八本の光線がリオを焼き払おうと虚空(こくう)を貫(つらぬ)いていく。リオは変則的に軌道を変えて飛翔し、攻撃を躱し始めた。

近づいたままでは八本もの光線を躱し続けるのが相当厳しいので、いったん大きく距離を取る。一キロは離れたが、これほどの巨体(きょたい)が相手だとそれでも近くに感じた。

(胴体を離れて自由に動き回れるようになった分、敵が増えたようなもんだ。このままじゃキリがない……)

確かに、一定の規模の攻撃ならダメージは与えられる。だが、すぐに回復してしまうのではダメージがないのと同じだ。

ここに至るまで一方的にダメージを与えているのはリオだが、形勢がリオに傾(かたむ)いているとは言いがたい。互角かどうかすらも怪しい。

(こっちは一撃でもまともに食らうとまずい)

絶え間なく射出され続ける八本の光線が絶え間なくリオを襲(おそ)い続けているが、躱すだけでかなり神経を削(けず)られている。

どうする?

どうやって倒す?

(そもそも、こいつは何なんだ? 急に都市の上空に現れた。精霊? けど、人型でもないのに、これだけの力を秘めた精霊がいるのか? 聖女が操っている……んだよな? 土を操る能力が秘められているとして、こんな生物を作り出せるのか? それとも、隠された神装の能力?)

もしかしたら弱点や有効な攻撃手段があるのではないかと獣の正体も考えてはいるが、現状では確信がない。

リオは光線を躱しながら、必死に頭を働かせていた。そんな中で――、

(この異常なまでの再生能力も見当がつかない。……が、もう一度、本体に攻撃を仕掛けてみるか? 次は本体の首を切り離せば……)

一つの考えが思い浮かぶ。根拠は首を切られて死なない生物はいないであろうということだ。心臓も生物の弱点となりうるが、これだけの巨体ではどこに心臓があるのかもわからない。だから、狙うなら首だ。もしかしたらそれで倒せるかもしれない。

そう、あってほしい。

だが、そのためには数が増えた八本の光線をかいくぐって胴体に接近する必要がある。

今こうして距離を保って攻撃を躱すだけでもかなり一杯一杯になっているというのに、近

づくとなるとさらに神経を削られることになるだろう。

加えて、今までの回復力を見た限り、首を切り飛ばしたところで倒せるかどうかは確信が持てない。すると——、

（アレは……聖女？）

聖女エリカが首都の門から飛び出してくるのが視界の端(はし)に映った。元首官邸(かんてい)の中庭から神装の身体強化を施された脚力(きゃくりょく)で街中を突っ走ってきたのだ。劣化(れっか)版である身体能力強化魔術しか使えないナターリア達(たち)がたどり着くのはもう少し後である。

（この化け物はやはり彼女(かのじょ)が操っているのか？）

巨大な獣は都市を巻き込んでもおかしくない攻撃を放っているが、今のところその攻撃が都市に及んではいない。

（もし、彼女が操っているのなら……）

リオの脳裏に一つの考えがよぎる。もしかして、聖女を殺しても、この獣は消えるのではないか、と。

聖女がこの獣を操っているのだとしたら、その可能性は大いにある。というより、状況的(じょうきょうてき)にほぼ確信に近い。

このままでは完全にじり貧(ひん)だ。聖女がこの獣を操ることができるのだとしたら、ガルア

ーク王国を襲わせるわけにもいかない。

だから――、

（やるしかない）

リオは腹をくくった。軌道を急展開させて、都市への門付近に立つ聖女に向かって降下を開始する。

獣からの攻撃に対処できるよう、体内で魔力を錬り上げ続けるのも怠らない。というより、今も攻撃を躱しながら、手にした剣に魔力を込めている。

と、そこで、獣が放つ光線が降下するリオを狙うのを止めるように、上へと逸れていった。八本すべてがリオへの攻撃を避け始める。都市へ攻撃が及ぶのを嫌ったようにしか思えない事態だった。

（やはり、獣の攻撃が逸れた！）

リオが抱く推察は、ほとんど確定事項へと変わる。一方で――、

「…………」

エリカは不気味な笑みを覗かせながら、降下してくるリオを見上げていた。両者の距離は一キロ以上あるが、今のリオは八本の光線を躱すために変則的な軌道を取って肉体への負担が耐えられるギリギリまで速度を出している。その速度なら変則的な軌道を描いても

ほんの十秒足らずでエリカとの間合いを埋めることが可能だ。

しかし、神獣もリオがエリカに迫るのを黙って見守っているわけではなかった。本体と三本の尻尾がエリカと都市を守るように、巨躯に似合わぬ軽やかな足取りでリオの降下軌道上に立ちはだかる。

（速い……！）

神獣の移動速度はリオと同等と見てよいだろう。軽く百メートルはある巨体が超高速で動き回ったのだ。暴風が吹き荒れる。が、その指向性をすべて操ったのか、リオめがけて強力な逆風が吹き荒れてきた。だが――。

ここが勝負所だ。いま引いたとしても、神獣がエリカを守ろうと邪魔をしてくるのであれば状況は微塵も好転しない。むしろ都市を背に布陣させることで、聖女と神獣の動きを絞ることができている。都市からリオを引き離そうと攻撃を激化してきたら、再接近する難易度はさらに上がりかねない。

ゆえに、相手が受けに回ったこの瞬間こそが好機。リオは押し寄せてくる暴風に干渉を開始するべく、精霊術を行使する。押し返そうとしたら膨大な魔力を消費することになるが、神獣本体を仕留めるために余分な魔力は使えない。

要は掻き分けて飛行ルートを確保しさえすればいいのだ。だから、そういうイメージを持たせて、自身を覆う風の結界を強化した。

神獣へと迫るリオの速度はさらに跳ね上がる。速度を出す分、軌道が直線的になってしまうが、相手が体勢を整えるまでのわずかな間に少しでも距離を詰めておきたかった。直後――、

「グァッ！」

神獣の本体が光線の射出を再開した。三本の尾も本体の付近へと移動し、真正面から降下してくるリオの接近を防ごうと、それぞれ光線を吐き出す。

「っ……」

リオは眼前から迫りくる八本の図太い光線を躱すため、じぐざぐに軌道を描いた。しかし、直進するので精一杯な速度で無理やり変則的な軌道をとったため、身体に相当の負担がかかって顔を歪める。

直線的な急加速だけでも相当なGがかかっているのに、アクロバットな軌道を取ればさらに負荷がかかるのは自明。だが、躱さなければ即死は免れない。リオは決して速度は緩めず、光線の隙間と隙間を縫うように四つ足の獣の本体へ近づいていった。

リオと神獣の間合いが百メートルを切る。接近を開始してから、まだほんの三、四秒程度のことだ。獣の口から放たれる五本の光線はリオが距離を詰めるにつれて密集していき

一条の図太い光線と化して――。

リオを呑み込む……ように見えた。

しかし、リオは光線に呑み込まれる直前で、風の精霊術を使って九十度直角へ強引に軌道を変えていた。

「っぅ……」

この戦闘の中で最大の負担が、リオの肉体にかかる。が、そのおかげで攻撃を躱すことができた。

位置的にも獣の首を切り落としやすい場所まで移動できている。あとは、獣が反応するよりも早く接近し――、

「はあああああっ！」

獣の首根っこに、長さ数十メートルにも及ぶ光の斬撃を放つ。これだけの図体の敵の首を切り落とすとなると、相当量の魔力を錬らないといけなかった。ゆえに、ここまで錬りに錬っておいた魔力をすべて解放した一撃である。

（どうだ――!?）

その結果を確かめるべく神獣に意識を向けながらも、リオはこの隙に地上へと急降下して着地した。そして、神獣の背後に控えていた聖女エリカにも注意を向ける。

直後、獣の四つ足が力を失い、ズンと頽れた。遅れて、空中を浮遊していた三本の尻尾達も勢いを失って落下を開始する。ものすごい衝撃をまき散らしながら、地面へと落下していき――、

(倒せた、のか?)

リオは神獣が一帯にまき散らし続けていたとんでもない魔力が、一気に霧散していくのを確認した。

「………」

かなり無理をして飛び回った反動が押し寄せてきたのか、着地と同時に聖女への攻撃を仕掛けようとしたリオだったが、ふらりとバランスを崩す。

が、脇から何者かが急接近してくるのを感じ、すぐに剣を構え直す。近づいてきたのは聖女、エリカだった。

「っ……」

リオはわずかに顔を歪めながらも、エリカの錫杖を受け止める。

「……お見事です。少し、貴方とお話をしたくなりまして足を運んでみたのですが」

エリカはそう言いながら、リオを値踏みするような目つきで見つめた。その表情はいつになく真剣である。

「話をしようとする人の行動ではありませんね……」

リオは苦々しく言う。

「いえ、本当に話をしたいのですよ。正直、その獣は私のとっておきなんです」

「でしょうね。こんな化け物が何匹もいたら困ります」

「それはこちらの台詞でもあります。貴方のような化け物が何人もいるとしたら、私も計画に狂いが生じるかもしれないのですから。だから確かめたいのです」

「……計画？」

「知りたいですか？　であれば、一つ、情報交換といきませんか？」

「……何を交換しろと？」

「私が知りたいのは一つだけ。貴方が勇者なのかもと思いましたが、まあ、この際それはいいでしょう。その獣と一人で戦えるような強さを持った人間は、貴方以外にも大国であればいるものなのでしょうか？」

「……何を教えてもらえるのかも聞かないうちに、答えるつもりはありません」

「何でも好きなことを聞いてくださって構いませんよ？　計画のことでも、この獣のことでも。ただし、交換する条件は一つだけです。具体的な質問には具体的に答えますが、抽象的な質問であれば答えも抽象的になると思ってください。ですので、質問の聞き方には気をつけることですね」

「…………貴方が本当のことを答えるという保証は？」

「ありません。が、嘘をつかないことを約束しましょう。だから、貴方にも嘘はつかないと約束してもらいます。本当のことを言っていただく必要がありますから」

エリカは実に真剣な面持ちだ。

「……わかりました。いいでしょう」

リオとしても訊いておきたいことは色々とある。が、一つに絞るとなるとなかなか難しい。それでも訊くとすれば――、

「取引を持ちかけたのはこちらですから。誠意として、貴方の質問から答えるとしましょうか。どうぞ、何でもお訊きください」

「……では、貴方は誰に復讐したいのですか？」

「…………ふ、ふふ、ふふふ。実に良い質問をしますね。いいでしょう。特別に、貴方にだけ教えて上げます」

エリカはそう前置きすると――、

「私が復讐したい相手は特定の誰かではありません。この世界です。愚かな人間達が作り出した、この世界。こんな世界がなければ、あの人が死ぬことはなかった。だから私はこ

の世界に復讐するんです。こんな世界は壊れてしまえばいい。それが私の復讐です」

最初は無表情になり、かと思えば次第に強い憎悪を滲ませて答えた。

「世界に復讐する？」

エリカはじっとリオを見つめて質問した。

「もう何も答えませんよ。次は私の質問に答えてください。そこに横たわる獣と一人で戦えるような強さを持った人間は、貴方以外にも大国であればいるものなんでしょうか？」

と、そこで――、

「エリカ様！」

都市の中からエリカを追いかけてきた戦士達十人が現れた。先頭を走るのがナターリアであり、武器を押しつけ合うリオとエリカの姿を視認する。すると、エリカを援護しようと思ったのか、全員でリオの逃げ場をなくすように取り囲んだ。

「……まあまあ、皆さん、よくぞ追いついてくれました。ちょうどよかったわ」

頼もしいわ、とでも言わんばかりに、エリカが喜んで言う。

「…………状況が変わりましたが、情報交換は終了と見てよいのでしょうか？」

「そんなはずはないでしょう。まだ私の質問に答えてもらっていないのですから。私にだけ質問に答えさせるなんて、人間性を疑ってしまいますね」

すなわち、リオのように神獣と戦えるような人間が大国にどれだけいるのか。それに答えてくださいとエリカはリオを見据える。

「……すべての国のことを知っているわけではありませんが、とある大国で近隣を含め最強の剣士と呼ばれる人と戦ったことがあります。その人では難しいでしょう」

リオは真向かいに立つエリカに最大の注意を向けながらも、周囲の戦士達にも意識を向けた。その上で、エリカが答えてくれた内容と同程度の情報を教える。

「そう、ですか。それを聞いてとても安心しました。では、情報交換はここまでということになりますね。残ったのは貴方一人だけみたいですし、リーゼロッテさんはお仲間が連れて退散してしまったようですから、なんとも困ってしまいますが……」

エリカは悩ましそうに溜息を漏らす。

「……困るのはこちらだ。それだけの力を持ち、ガルアーク王国に宣戦布告した以上、貴方を野放しにはできない」

「貴方としてはなんとしても私を殺しておきたい、ということでしょうか」

「そうせずに済むのなら、それに越したことはありませんが……」

もう、殺すしかない。リオはそう思っていた。でなければ、リオが、リオにとって大切な者達が、皆殺しにされかねない。

獣の正体がまだわからぬ以上、聖女が生きている限りはまた作り出せるかもしれないと考えておくのが無難である。この聖女があの獣を引き連れてガルアーク王国へ攻め込んでくる事態だけはなんとしても回避する必要があった。

「ふふふ、私のことをずいぶんと脅威に思ってくださっているみたいですね。ですが、それは私としても同じ。こちらのとっておきを知られた以上、情報を持ち帰られて危機感を持たれるのは面倒です。が、リーゼロッテさんには逃げられてしまっているから、どの道情報は持ち帰られてしまう。となると、せめて貴方だけでも殺しておくのがいいのでしょうが、神獣がいなくてはそう簡単に倒せるとは思えませんし……」

エリカは本当に困ったと言わんばかりに溜息をつくと、リオの周囲に立つ戦士達を見回した。そして——、

「まあ、どちらに転んだとしても、なるようになるでしょう」

と、実に晴れやかな笑みを浮かべる。

「……？」

リオが怪訝な顔になる。直後——、

「ウァ！」

リオの視界の脇で転がっていた神獣の尻尾の一つが、ギラリと瞳を輝かせた。それから

リオや聖女や戦士達めがけて、口から純粋な破壊エネルギーを吐き出す。

「っ⁉」

発動速度を優先させたのか、先ほどの光線よりも威力は弱かったし、攻撃範囲も拡散していたが、だからこそその場にいる全員を巻き込んでしまった。

「ぐ、ぁ……！」

魔力の高まりを感じ、咄嗟に風の障壁を張ったリオだったが、もろに破壊エネルギーを喰らってしまった。ダメージを防ぎきることができない。

加えて、身体は大きく吹き飛び、数十メートルは離れた位置に勢いよく落下して地面を転がっていく。

（……死んで、いなかったのか？　いや、それよりも周りに味方もいる状態で、自分ごと攻撃してきた？　なんて、ことを。あの獣は聖女が操っているんじゃないのか……？）

意識が吹き飛びそうになる中で、様々な疑問が一瞬で押し寄せてくる。だが、のんびりと考えている場合ではない。

「っ、くっ……」

リオは全身に痛みを感じながらも立ち上がり、何が起きたのかを確認しようと先ほどまで立っていた場所を見た。

地面は大きく抉れ、吹き飛んでいる。身体強化で肉体を頑丈にし、風の障壁を張った上でリオがダメージを受けているのだ。その場に立っていた戦士達が無事とは到底思えなかった。すると――

「うふふ」

錫杖を手にしたエリカが、勢いよくリオに襲いかかってきた。リオは咄嗟に右手で剣を構えて防ごうとするが――、

「ぐっ……」

とんでもない膂力だった。平時ならば対抗できるが、ダメージを負ったせいで魔力のコントロールが乱れていて押し負ける。

（この人もダメージは負っているはずなのに、なぜここまで動ける⁉）

エリカも先ほどの攻撃を喰らったのか、傍目から見て明らかにボロボロだ。だが、ダメージなどないように錫杖を思い切り押し込んで、リオを撥ね飛ばす。リオはかろうじて反対方向へ飛び、衝撃を殺すが――、

（まずい、内臓を、痛めている……）

こふっと、血の混じった咳がリオの口から漏れる。後退しながら、痛みを感じる箇所を庇うように左手で触れた。

「…………っ」

着地際に痛みが走り、リオはさらに顔をしかめる。

「あるいは倒せるかもと思いましたが、無事でしたか。本当に恐ろしい人」

エリカはリオが吹き飛んだ先へとさらに距離を詰めてきた。どうやら弱っている間に一気にリオを仕留める腹づもりらしい。

「恐ろしいのは、貴方だっ。ごほっ、なぜ、味方を……」

リオが咳を漏らし、しゃがれた声で訊く。全身に走る痛みのせいで、上手く魔力を錬ることができない。

油断すると今にも倒れてしまいそうだった。意識を失いかけているのか、あるいは血で塞がれているのか、視界がぼやけている。

錬り上げた魔力を回復に回している余裕はない。だから、リオは身体強化を維持することで、肉体が上げる悲鳴を誤魔化すことに専念した。

「貴方が皆を殺したのです」

「何、をっ……」

「もうお喋りはいいでしょう」

「くっ」

痛みのせいだろう。リオの動きは明らかに鈍い。大ぶりで、速度だけの攻撃を捌くのでも一苦労になっている。それでもかろうじて距離を置くと――、

「さあ、早く死んでください」

エリカがリオが立つ方向めがけて、大地に錫杖を振り下ろした。インパクトと同時に、衝撃波が迸って地面が吹き飛んでいく。効果範囲から逃れるため、リオは大きく後退して避ける。

「がはっ、ごほっ」

リオは激しく動き回りながら、血の混じった咳を漏らし続けている。それから、地面を吹き飛ばすエリカの攻撃が三度ほど続いたが――、

「なんとも、しぶといですねえ」

エリカは焦れたのかリオへと距離を詰めてきた。しかし――、

（っ、長引けば、こっちが不利だ。ここで決めるしかっ）

それがリオにとっては反撃のチャンスでもあった。接近した時の攻防で確実に仕留めるべく、意識を研ぎ澄ませる。

「これでおしまいです」

エリカは強力な身体強化に物を言わせて、先の先をとろうと錫杖を振り下ろした。対し

て、リオは遅れて剣を振る。身体強化を施しても誤魔化せないほどにダメージが蓄積しているのを感じるが――、

「っ！」

読み合いで勝ったのはリオだった。リオはエリカが垂直に振りおろした錫杖の勢いをそのまま利用するように、錫杖の先端に剣を押し当てて上から押し込んだ。エリカの錫杖は地面を捉え、とんでもない衝撃をまき散らす。

リオはそれを見越していたかのように跳躍し、前方に突進していた勢いを利用して、そのままエリカの下顎めがけて飛び膝蹴りをぶち込んだ。

「あっ！」

エリカの身体は下顎を起点に力が加わり、そのまま全身を引っ張って後方へと吹き飛んでいく。身体強化で肉体を強化していなければ顎が粉砕されて、首の骨が外れてしまう程度の威力は込められていた。

身体強化をしていても意識を刈り取るには十分すぎる渾身の一撃である。実際、その手応えもあった。が――、

「…………」

エリカは後ろ向きに吹き飛ばされながら、左から右へと利き手で外向きに力任せに錫杖

を振るった。膝蹴りを直撃させたばかりでまだ着地していないリオの身体を、吹き飛ばそうとする。

リオはエリカが意識を失っていないと想定していたのか、後ろ向きに倒れようとしているエリカの肩をすかさず掴んで強引に引っ張り寄せた。そのままエリカの身体を持ち上げて手を離した頃には地面に足をつけていて、姿勢を整え終える。

対するエリカはリオが肩を掴んだ手を離す際に放り捨てるように思い切り突き放したからか、前のめりになってバランスを崩していた。

「くっ」

リオは臓器の痛みを無視して、その隙にエリカの背中めがけて突進する。ようやく姿勢を整えたエリカは後ろから襲われると考えたのか、後方に視線も向けず雑に錫杖を振るった。が、リオはそんな一撃を見切る。

リオはエリカが使う錫杖の間合いの外であえて立ち止まり、エリカが錫杖をフルスイングし終えたところで再び間合いを詰めた。そして——、

「っ！」

エリカの懐に潜り込んでから、錫杖を振り終えてガラ空きだった心臓めがけて剣の切っ先で容赦なく突き刺した。そして、刀身を思い切り捻る。

「がはっ、がは……」

とどめを刺しているはずのリオの方が瀕死(ひんし)の顔だ。が、十分に切っ先を差し込んだところで、剣を抜(ぬ)き取って可能な限り素早(すばや)くエリカから間合いを置く。

「ふ、ふふふ……」

エリカは地面に片膝(かたひざ)をつくが、不気味に口許(くちもと)を歪(ゆが)ませ、不敵に笑っている。しかし、心臓を突き刺されたことで衣類が瞬(またた)く間に血で滲んでいく。いかに身体強化で身体が頑丈になっているとはいえ、心臓を貫かれれば死ぬしかない。

「……はあ、はあ、はあ」

リオの呼吸はすっかり乱れきっていた。地面に剣を突き刺し、エリカと同じように地面に膝(ひざ)をついて身体を支えている。

直後、エリカはばたりとうつ伏(ぶ)せになって地面に倒(たお)れた。

「…………ごふっ、ごふ、ごほっ」

地面に倒れるエリカをしばし眺(なが)めていたリオだが、血の混じった咳を吐きながらも立ち上がってエリカへ近づいていく。そして膝をつくと、うつ伏せになったエリカの身体を仰(あお)向(む)けにして、脈を確認する。

もしかしたら生きているのではないかと思い、まだ警戒(けいかい)は解いていない。身体強化も維(い)

持したままだ。結果――、

（脈はない……。死んだ。獣も消えている）

脈が停止していることを確認する。

それで一気に張り詰めていた緊張の糸が切れてしまった。

（……だいぶ意識がもうろうとしてきた。まずいな。呼吸もうまくできなくなってきた。早く治癒を……。アイシア達と合流しないと）

思考回路がまったく働かない中、リオはふらりと立ち上がり、魔力のコントロールもままならないまま治癒の精霊術を使用した。そして、合流だけを考えて、南へ向かってその場から歩きだす。

そうして十数メートルほど歩いたところで――、

（……と、……と。いま…………く）

誰かの声が聞こえた気がした。

（……アイ、シア？）

リオは膝をつき、ぼんやりと前方を見る。

すると、そこには今まさに降り立ったアイシアの姿があり――、

「もう、大丈夫」

アイシアはリオを優しく抱きかかえ、治癒の光で包み込む。

「………」

それでリオは意識を手放し、アイシアはリオを抱きかかえて南へと飛びたった。

◇　◇　◇

場所はエリカが横たわる地上から見て、遥か上空。

（……本当になんなんですかねえ、彼は。人型精霊と契約しているから、というだけでは説明がつかない強さを秘めている。まがりなりにも覚醒した勇者と張り合うほどだ）

レイスは一部始終を見届けてから、アイシアが飛び去っていった方角の空をしばし見据えていた。が――、

（それにしてもあの聖女。何を考えているのか……）

今度は地上で横たわり続けているエリカに対して、怪訝な眼差しを向ける。

（人間というのは本当によくわかりませんが……、まあ、いいでしょう。黒の騎士が生還する以上、アレインやルッチ達を待機させておいた甲斐があるというもの）

レイスは懐から転移結晶を取り出すと――、

「《転移魔術（テレポート）》」

ガルアーク王国王都の近郊（きんこう）へと、転移した。

【エピローグ】

アイシアがリオを抱きかかえて飛び去ってから数分後。都市の外にはアンドレイを含む救援隊が駆けつけていた。

そして、門からほど近い場所に血まみれで横たわるエリカの姿を発見すると――、

「あ、ああ、ああ……。エリカ様、エリカ様……！」

「我々は、我々は、どうしたら……」

エリカの死に、誰もが絶望する。

誰もが悲しんでいる。

そんな中――、

「……皆さん、心配はご無用です」

血だらけに横たわるエリカが、むくりと起き上がった。

「なっ……!?」

誰もが絶句して言葉を失った。胸元が血でびっしょりと濡れていて、服には剣で刺した

痕(あと)がある。

死んでいると思った人間が起き上がったのだから、当然だ。

「い、生きておられたのですか⁉　で、ですが、どうして、これだけ血が……」

アンドレイはエリカの服に付着した血の量を見て戸惑(とまど)う。

「知らなかったのですか、アンドレイ」

「な、何を……」

「心臓を刺されたくらいで聖女は死にません」

「なっ……」

そんな馬鹿なと、流石(さすが)に半信半疑な顔になるアンドレイ達。だが――、

「冗談(じょうだん)です。まだ死ぬことはできませんよ。私には果たさねばならない役目があるのですから……。貴方達(あなたたち)とまた会えて、本当に良かった。ですが……」

エリカはくすりと笑い、とても慈愛(じあい)に満ちた顔で、駆けつけた者達の顔を見回す。しかし、ふと哀(かな)しそうな顔にもなり――、

「……ごめんなさい。私はナターリア達を守ることができませんでした」

自らの非力さに打ちひしがれるように、俯(うつむ)いて身体を震(ふる)わせた。

「な、何があったというのですか？」

アンドレイはハッと顔色を変えて尋ねた。

周囲にエリカを追いかけた戦士達の姿はない。それで薄々と生存が厳しいことは察していたのだろうが、エリカの言葉を待つ。

果たして――、

「彼は、あの剣士は、ナターリア達を人質に取ったのです。私を倒すために、ナターリア達を狙って、ああ、ああ！　彼は！　彼は！　彼は、なんと卑劣なっ！　いいえ！　私のせいです！　私は、彼女達を救うことができなかったっ！」

エリカは両手で顔を押さえ、己の非力さと絶望を嘆く。

「…………ナターリア達が、死んだ。殺された……」

アンドレイを始め、駆けつけた救援隊一同の顔が怒りで染まっていく。それから、しばしの沈黙が流れ――

「なんと、なんと卑劣なっ！」

「卑劣だ！」「卑怯だ！」

「ガルアーク王国は、卑怯だ！」

「あの剣士の男か！　あいつがナターリア達を！」

「くそっ！　くそっ！」

「人質⁉　ふざけるなっ！」

一同の怒りが激しく爆発（ばくはつ）する。一度思い込んでしまった以上、怒りは止まらない。誰にも止められない。こうして、集団は暴走していく。

「…………」

エリカはそんな彼らのことを、ひどく軽蔑（けいべつ）するような眼差しで見つめていた。

あとがき

皆様、いつも誠にお世話になっております。北山結莉(きたやまゆうり)です。『精霊幻想記　18．大地の獣』をお手にとってくださり、誠にありがとうございます。

このあとがきをご覧になっている段階ではもうお気づきの方も多いと思いますが、まずは大事なご報告です。

そう、『精霊幻想記』のアニメ化が決定しました！

制作会社はトムス・エンタテインメント様で、メインスタッフの方々や、出演してくださるキャストの方々の情報も既に解禁されているはずです。

インターネット上ではアニメの公式サイトやツイッターの公式アカウントも稼働を開始しておりますので、よろしければぜひぜひ情報を検索してみてください。

ということで、ようやく皆様にアニメ化決定のご報告をできました……！　こういった機会に恵まれたのもアニメ化に至るまで『精霊幻想記』という作品を支えてくださった読者の皆様のおかげと、心より御礼申し上げます。

そして、アニメ製作に携わってくださっている関係者の皆様を始め、アニメ化に至るまでの五年間を先導して一緒に走ってくださったＲｉｖ先生と担当編集さんにも、この場を借りて改めて感謝を。

今後、未解禁の情報が続々と出てくると思いますので、ぜひぜひアニメの公式サイトやツイッターの公式アカウントで精霊幻想記の情報をチェックしてくださいね。一八巻の発売とアニメ化を記念し、一二月一三日までメロンブックス様にて精霊幻想記オンリーショップ３も開催されております。

ともあれ、小説の一九巻も春に発売予定ですので、そちらも楽しみにお待ちいただけると嬉しいです！

そして、小説十八巻はいかがだったでしょうか？　話の流れ的に今後はしばらく前巻までのような日常パートのお話は描きづらくなってしまうのですが、描いておきたかった日常パートのお話を前巻までで描ききれたからこそ、ここからは心置きなくシリアスな展開に突入していけます。以降は本編の展開も大きく動いていくことになると思いますので、書籍版『精霊幻想記』も引き続きお楽しみいただけると嬉しいです。

それでは、一九巻でもまた皆様とお会いできますよう！

二〇二〇年十一月　北山結莉

聖女エリカと、彼女が召喚した神獣――
大地に蹂躙するばかりか、
自国民をも巻き込んで行われた虐殺劇は、
リオにかつてないほどの負傷をもたらす。

一方、リオとアイシアが不在の
ガルアーク王国城には、
レイスが差し向けた復讐者たちが、
静かに、しかし確実に忍び寄り……!?

「ようやくだ。
ようやく、あの方に忠義を
尽くすことができる」

精霊幻想記 19.風の太刀
2021年春、発売予定

HJ文庫 https://firecross.jp/
907

精霊幻想記

18. 大地の獣

2020年12月1日　初版発行
2022年5月10日　3刷発行

著者——北山結莉

発行者—松下大介
発行所—株式会社ホビージャパン

〒151-0053
東京都渋谷区代々木2-15-8
電話　03(5304)7604（編集）
　　　03(5304)9112（営業）

印刷所——大日本印刷株式会社

装丁——coil／株式会社エストール

Printed in Japan

ISBN978-4-7986-2367-2　C0193

ファンレター、作品のご感想お待ちしております

〒151−0053　東京都渋谷区代々木2−15−8
(株)ホビージャパン HJ文庫編集部 気付
北山結莉 先生／Riv 先生

アンケートはWeb上にて受け付けております

https://questant.jp/q/hjbunko

- 一部対応していない端末があります。
- サイトへのアクセスにかかる通信費はご負担ください。
- 中学生以下の方は、保護者の了承を得てからご回答ください。
- ご回答頂けた方の中から抽選で毎月10名様に、HJ文庫オリジナルグッズをお贈りいたします。

君が望んでいた冒険がここにある――。

<Infinite Dendrogram> -インフィニット・デンドログラム-

著者／海道左近　イラスト／タイキ

一大ムーブメントとなって世界を席巻した新作 VRMMO <Infinite Dendrogram>。その発売から一年半後。大学受験を終えて東京で一人暮らしを始めた青年「椋鳥玲二」は、長い受験勉強の終了を記念して、兄に誘われていた<Infinite Dendrogram>を始めるのだった。小説家になろうVR ゲーム部門年間一位の超人気作ついに登場！

シリーズ既刊好評発売中

<Infinite Dendrogram>-インフィニット・デンドログラム-1～13

最新巻 <Infinite Dendrogram>-インフィニット・デンドログラム-14.<物理最強>

HJ 文庫毎月 1 日発売　発行：株式会社ホビージャパン

聖剣士さまの魔剣ちゃん 1 ～孤独で健気な魔剣の主になったので全力で愛でていこうと思います～

著者／藤木わしろ　イラスト／さくらねこ

聖剣士ですが最強にかわいい魔剣の主になりました。

国を守護する聖剣士となった青年ケイル。彼は自らの聖剣を選ぶ儀式で、人の姿になれる聖剣を超える存在＝魔剣を引き当ててしまった！　あまりに可愛すぎる魔剣ちゃんを幸せにすると決めたケイルは、魔剣ちゃんを養うためにあえて王都追放⇒辺境で冒険者として生活することに……!?